DER SCHARLACHROTE BIKINI

Roman

Glynn Croudace

Impressum

Text:	© Copyright by Glynn Croudace/ Apex-Verlag.
Lektorat:	Dr. Birgit Rehberg.
Übersetzung:	Aus dem Englischen übersetzt von Norbert Wölfl.
Original-Titel:	*The Scarlet Bikini.*
Umschlag:	© Copyright by Christian Dörge.
Verlag:	Apex-Verlag Winthirstraße 11 80639 München www.apex-verlag.de webmaster@apex-verlag.de
Druck:	epubli, ein Service der neopubli GmbH, Berlin

Printed in Germany

Inhaltsverzeichnis

Das Buch

Pascoe, ein junger Taucher, hat sich die Bergungsrechte an der gesunkenen *Blushing Bride* gesichert.
Aber kaum beginnt er an dem Wrack zu arbeiten, als sich vor allem zwei Leute für Pascoe und das Schiff interessieren: ein hübsches Bikini-Mädchen und - ein Mörder...

Der Roman spielt an der Küste von Südwestafrika.

Glynn Croudace (* 22. April 1917) ist eine britische Kriminal-Schriftstellerin.

Der Roman *Der scharlachrote Bikini* erschien erstmals im Jahr 1969; eine deutsche Erstveröffentlichung erfolgte 1970.

Der Apex-Verlag veröffentlicht eine durchgesehene Neuausgabe dieses Klassikers der Kriminal-Literatur in seiner Reihe APEX CRIME.

Der scharlachrote Bikini

Erstes Kapitel

Pascoe wurde langsam und widerstrebend wach. Die Schultermuskeln schmerzten noch von der Arbeit des vorangegangenen Tages. In der Kabine des Fischerbootes war es bereits warm, und er schob sich die Wolldecke bis zur Hüfte hinab. Die *Seevarkie* hob und senkte sich an ihrer Vertäuung. Er hörte das vielfingrige Streicheln des Seetangs am Schiffsrumpf und das sanfte Klatschen der Wellen.

Es herrschte kaum Seegang, und es blies auch nicht der berüchtigte Südost. Nichts stand also einem guten Tagewerk an dem Wrack in der grünen Tiefe, fünfundvierzig Meter unter der Oberfläche des Südatlantiks, im Wege.

Wirklich nichts? Dieser leichtfertige Gedanke kam ihm vor wie eine Herausforderung des Schicksals. Beunruhigt schlug er die Augen auf.

Im ersten Augenblick starrte er nur auf das scharlachrote Dreieck eines Bikinis, kaum eine Armeslänge von ihm entfernt. Aus dieser Nähe konnte er sogar die Poren der sonnenbraunen Haut sehen, die Meerwassertropfen rings um ihren hübschen Nabel und die deutlich vorstehenden Hüftknochen.

»Sie sind doch Mr. Pascoe, nicht wahr?«, fragte das Mädchen.

Er stützte sich auf einen Ellbogen und sah sie an. Sie gehörte zu jenen schlanken, langbeinigen Geschöpfen mit zu viel Busen und zu viel Selbstbewusstsein, wie ihm schien. Ihre grauen Augen hatten die Form von Booten und waren an den Winkeln wie bei einer Katze etwas nach oben gebogen. Sie sahen ihn mehr belustigt als entschuldigend an. Das Meer hatte ihr schwarzes Haar in der Mitte gescheitelt und zu beiden Seiten flach an den Kopf gelegt. Diese Frisur verlieh ihr etwas von einer viktorianischen Strenge, zu der ihre Haltung und der Umstand, dass sie praktisch nackt vor ihm stand, ganz und gar nicht passten.

»Und Sie?«, fragte er. »Was tun Sie denn hier?« Da er von seiner Koje nicht aufstehen konnte, fühlte er sich eindeutig im Nachteil.

Sie schwankte mit dem Rollen des Bootes noch ein Stück näher auf ihn zu. »Mein Name ist Yolande Olivier.«

»Sind Sie 'ne Schauspielerin oder so etwas?« Er hasste diese Künstlernamen. Vielleicht arbeitet sie an einem Film mit und braucht das Boot, überlegte er.

»Oder so etwas«, ahmte sie ihn nach. »Künstlerin bin ich tatsächlich, aber das hat nichts mit meinem Hiersein zu tun.«

Er schlang sich die Wolldecke enger um die Hüften und fuhr sich mit den Fingern durch den wirren Haarschopf.

»Vielleicht sind Sie dann so freundlich und sagen mir, was Sie von mir wollen.«

Ihr Verhalten veränderte sich. Die ironische Selbstsicherheit machte einer ernsthaften Eindringlichkeit Platz. Unnötigerweise senkte sie die Stimme.

»Es geht um eine furchtbar vertrauliche Sache.«

Er hielt den Atem an. »Ich habe selbst Ärger genug, behalten Sie's für sich.«

»Es hat etwas mit der *Blushing Bride* zu tun.«

»So?« Er legte den Kopf schräg und runzelte die Stirn.

Die *Blushing Bride*, nach einer zarten, rosaweißen Blüte aus der Umgebung des Kaps benannt, war ein alter hölzerner Fischtrawler. Vor sechs Wochen hatte sie auf der Rückkehr von den Fischgründen vor der südafrikanischen Küste einen Maschinenschaden erlitten und im Windschatten der winzigen, vom weißen Kot der Seevögel überzuckerten Insel Witkop, rund fünfzig Seemeilen nördlich von Kapstadt und kaum eine halbe Meile von der Küste entfernt, Anker geworfen. Während der Nacht hatte sich der alte Trawler bei mäßigem Seegang von der Vertäuung losgerissen, war an den Felsen der Insel Witkop zerschellt und mit mehreren Tonnen Fisch in den Laderäumen in zweiundzwanzig Faden Tiefe gesunken.

»In der *Argus* stand, dass Sie von der Reederei die Bergerechte erworben hätten, Mr. Pascoe.«

»Na und?« Die Anrede *Mister* störte ihn immer mehr. Er nahm sich vor, auf der Hut zu sein.

»Darf ich fragen, ob Sie die Absicht haben, das Wrack wieder flottzumachen?«

Er schüttelte den Kopf. »Das ist der Kahn nicht wert. Selbst wenn ich das nötige Geld und die Geräte dazu hätte. Mich interessiert nur die Maschine, die ist noch ziemlich neu. Außerdem ein paar andere Dinge von Wert, falls ich sie erwischen kann. Netze zum Beispiel.«

Während er sprach, ließ sie keinen Blick von seinem Gesicht. Wenn das Boot vom Seegang rollte und sie ein wenig auf ihn zu schwankte, war ihr Gesicht jedes Mal vom Dreieck ihres Busens eingerahmt. Er wurde immer verlegener.

»Herr im Himmel, so setzen Sie sich doch.«

»Danke.« Für eine Sekunde kehrte der ironische Ton wieder. Er hatte das Gefühl, dass dieser Zynismus immer dicht unter der Oberfläche lauerte. Sie setzte sich auf die Kante der gegenüberliegenden Koje und schlug die Beine übereinander.

»Warum interessieren Sie sich überhaupt für diese Bergungsaktion, Miss Olivier?«

Als typische Frau beantwortete sie seine Frage mit einer Gegenfrage.

»Kannten Sie Desmond Mercer?«

Er zögerte und war sich klar darüber, dass dieses Zögern ihr nicht entgehen würde.

»Ja, ich kannte ihn.«

Ihre Stimme wurde noch leiser. »Er war sozusagen ein Freund von mir.«

Nach diesem vagen Geständnis senkte sie den Blick. Die Morgensonne fiel durch die Luke und beleuchtete ihr Profil. Die linke Seite wurde vergoldet, die rechte blieb im Schatten. Pascoe hatte das seltsame Gefühl, zwei gänzlich verschiedene Frauen vor sich zu haben. Aber so ist es natürlich immer: Es gibt immer eine Frau, die man sieht, und eine, die man nicht sieht.

Er konzentrierte sich ganz bewusst auf Desmond Mercer.

Mercer, das schwarze Schaf einer stolzen, aber längst nicht mehr wohlhabenden Familie vom Kap, war gleichzeitig Eigentümer und Skipper der *Blushing Bride* gewesen. Er war ein gutaussehender Junge voll Charme und voll Versprechungen, die er nie einhielt, ein unterhaltsamer Trinkkumpan, der aber mit zunehmendem Alkoholkonsum unangenehm werden konnte; ein Mann, der sich für unwiderstehlich hielt und der keiner Frau widerstehen konnte. Gegen Ende seines egoistischen Lebens gelangte er dadurch zu einer Art fragwürdigen Ruhm, dass er einen russischen Trawler zu rammen versuchte, auf den er dicht unter Land gleich nördlich von Port Nolloth gestoßen war.

»Er hatte viele Freundinnen«, sagte Pascoe kühl.

Ihre dunklen Lider flatterten. »Sie mochten ihn anscheinend nicht.«

»Ich hatte nur sehr wenig mit ihm zu tun. Soviel ich weiß, war er ein guter Seemann.«

»Und trotzdem verlor er sein Schiff und sein Leben! In einer ziemlich ruhigen Nacht in Reichweite der Küste.«

Pascoe zuckte die Achseln. »Nach den Berichten war er manövrierunfähig, und sein Ankertau brach.«

»Es wurde nur eine Leiche geborgen«, sagte Yolande Olivier. »Die von Johannes, dem farbigen Koch.«

»Mercer war vermutlich in seiner Kabine, als es die *Blushing Bride* erwischte.«

»Sie meinen, er war betrunken?« Die grauen Augen wurden schmal.

»Das habe ich nicht gesagt«, antwortete Pascoe. »Er war mit Johannes allein an Bord. Die farbige Crew war an Land gegangen - zur Farm *Duinfontein*.«

»Die gehört Lex Pickard. Haben Sie ihn schon kennengelernt?«

Er nickte. »Flüchtig. Aber was hat das alles mit Desmond Mercer zu tun?«.

»Verzeihung«, sagte sie, »ich rede offenbar um die Sache herum. Ich wollte Sie eigentlich um einen großen Gefallen bitten.«

Pascoes Lippen wurden schmal. »Das habe ich mir gedacht.«

Sie sah ihn flehend an. »Ich nehme doch an, dass es Ihnen gelingen wird, in die Kapitänskajüte einzudringen?«

Er zögerte für den Bruchteil einer Sekunde. »Das glaube ich eigentlich nicht.« Dabei wusste er, dass er sich längst verplappert hatte. »Die ist durch die offene Luke voll Treibsand geschlagen. Außerdem...«

Möglicherweise lag auch noch die Leiche des Skippers darin. Er hatte ganz und gar nicht die Absicht, sie zu bergen, besonders nicht, nachdem sie sechs Wochen lang im Wasser gelegen hatte, wo es von Panzerkrebsen wimmelte.

»Desmond besaß eine Seekiste«, sagte sie leise trotz seiner Einwände. »Sie war immer am Boden seiner Kabine verankert, völlig wasserdicht und mit persönlichen Gegenständen gefüllt.«

»Falls wir auf persönliche Gegenstände stoßen, so werden die an die nächsten Verwandten geschickt.«

Sie blinzelte. Er sah zwischen ihren Wimpern Tränen schimmern.

»Genau das habe ich befürchtet, Mr. Pascoe.«

Er sah sie verärgert an. Was er nicht ausstehen konnte, waren heulende Frauen.

»Was soll denn das schon wieder? Hab' ich etwas Falsches gesagt?«

Sie schluckte. »Desmond hinterlässt eine Witwe.«

»Ich hab' sie kennengelernt, sie wohnt in Kapstadt.«

»Eine wundervolle Frau, meinen Sie nicht auch? Sie hat ihren Mann regelrecht verehrt.«

»Das habe ich mir sagen lassen.« Pascoes Stimme klang sachlich und unverbindlich. Mrs. Mercers Gefühle für ihren verstorbenen Mann gingen ihn nichts an.

»In ihren Augen war er ein Held«, fuhr Yolande Olivier fort. »Sie traute ihm nichts Schlechtes zu und hörte nicht auf all die Gerüchte, die über ihn die Runde machten.«

Pascoe sah sie missmutig an.

»Und wie war Ihnen, als Sie die Frau kennenlernten?«

»Schrecklich.« Sie fuhr sich mit dem Handrücken über die Stirn.

»Zurück zu der Seekiste.«

»Ja, natürlich.« Sie holte mit einem leisen Seufzer Luft. »Ich hoffte, dass Sie da unten auf diese Kiste stoßen würden.«

»Durchaus möglich«, sagte er und fragte sich, was sie daran wohl so beunruhigen mochte.

»Wenn Sie die Kiste bergen und an Desmonds Witwe schicken, wird es sie umbringen.« Der Ernst in ihrer Stimme war unverkennbar.

»Ich kann Ihnen nicht folgen«, murmelte er stirnrunzelnd.

»Weil Sie ihn damit vernichten würden, verstehen Sie nicht? Sie würden das Bild zerstören, das sie von ihm in ihrem Herzen trägt - ich weiß sehr wohl, dass es ein falsches Bild ist, aber es ist das einzige, was ihr geblieben ist, Mr. Pascoe: ihr ungerechtfertigtes Vertrauen in den Mann, den sie liebte, und ihre Erinnerungen.«

Trotz seiner Skepsis rührte ihn doch die Verzweiflung in ihrer Stimme und in ihrem Blick.

»Fangen Sie lieber von vorn an«, schlug er ruhig vor. »Aber wohlgemerkt: Ich verspreche Ihnen gar nichts.«

Sie warf ihm einen dankbaren Blick zu. »Aber Sie werden's doch versuchen, nicht wahr? Sie werden Ihr Bestes tun?«

»Ich verspreche gar nichts«, wiederholte er.

Es war durchaus die bekannte Geschichte, wenn man von ein paar kleineren Variationen absah. Nach seinem lächerlichen Versuch, den russischen Fischdampfer zu rammen, waren Desmond Mercers Lebensgeschichte und sein Foto in allen Zeitungen erschienen. Einer der Berichterstatter nannte ihn einen Rückfall in die Tage der Seeräuber, und mit seinen kurzen schwarzen Locken, seinem kühnen Gesichtsschnitt und dem Messer, das er stets im Gürtel trug, sah er auch fast wie ein Seeräuber aus.

»Damals hatte ich gerade vor, meine Bilder auszustellen«, sagte Yolande Olivier. »Ich dachte, es sei gut für die Publicity, auch ein Porträt von Desmond Mercer dabei zu haben. Also bat ich ihn, mir zu sitzen. Er besuchte mich in meinem Studio.«

Als Pascoe das hörte, war ihm sofort klar, wie es weitergehen würde. Die beiden verliebten sich ineinander.

»Sehen Sie, Mr. Pascoe, er besaß eine Polaroid-Farbkamera und bat mich, ihm auch Modell zu stehen.«

»Ach so.« Pascoe wusste genau, was nun kommen musste.

»Nackt«, fügte sie zögernd hinzu.

»Aha.«

Sie glaubte nun, sich verteidigen zu müssen.

»Ich war in ihn verliebt, verstehen Sie nicht?«

»Doch, natürlich.«

»Leidenschaftlich verliebt. Ich habe ihm ein paar ziemlich dumme Briefe geschrieben.«

»Und diese Briefe und die Fotos liegen da unten in der Seekiste, nicht wahr?«

Sie nickte kläglich.

»Ich dachte, diese Dinge wären sicher auf dem Boden des Meeres, aber seit ich gelesen habe, dass Sie die Bergungsrechte für diesen alten Trawler erworben haben, habe ich kaum noch geschlafen.« Für einen Augenblick presste sie beide Hände ans Gesicht. »Ich konnte doch nicht einfach Zusehen, Mr. Pascoe, wie Sie diese Seekiste retten und an Joan Mercer zurückschicken.«

»Nun, dann brauchen Sie sich keine Sorgen mehr zu machen. Lassen wir die Kiste da liegen, wo sie ist.«

Sie schüttelte den Kopf, und ihre grauen Augen schimmerten. »Das ist der Gefallen, um den ich Sie bitten wollte«, sagte sie schließlich. »Aber ich sehe jetzt ein, dass mein Problem damit nicht gelöst wäre. Ich hätte trotzdem keine Ruhe.«

»Und warum nicht?«, fragte er knapp, weil ihm die Unterhaltung auf die Nerven ging.

»Wenn Sie nämlich fertig sind, könnten andere Taucher auf den Gedanken kommen, sich das Wrack anzusehen. Fünfundvierzig Meter sind schließlich keine unerreichbare

Tiefe. Ich hätte keinen Frieden mehr - immer müsste ich Angst haben, dass .jemand die Kiste herausholt und an Desmonds Witwe zurückschickt. Das darf ich nicht riskieren, Mr. Pascoe.«

»Nein«, sagte er wider Willen, »ich glaube nicht.«

Sie stand auf, hockte sich vor ihn auf den Boden und sah ihn flehend an. »Holen Sie die Kiste für mich heraus, lassen Sie mir ein paar Minuten Zeit, die Beweise meiner Dummheit zu vernichten, dann kann Mrs. Mercer alles andere haben. Sie würde Ihnen sehr dankbar sein und ich auch.«

»Ich verspreche gar nichts«, sagte Pascoe. »Wenn ich sie ohne allzu große Schwierigkeiten bergen kann, werde ich sie heraufholen. Aber zuerst müssen wir die Maschine haben.«

»Das verstehe ich«, sagte sie. »Darf ich wieder nachfragen?«

»Wo wohnen Sie denn?«

»In einem Wohnwagen am Ufer der Lagune, ungefähr eine halbe Meile landeinwärts. Wir sind zu dritt und machen für vierzehn Tage Ferien.«

»Dann melden Sie sich wieder«, sagte Pascoe.

Zweites Kapitel

Yolande Olivier hechtete über den Bug ins Wasser und schwamm auf die Küste zu. Pascoe warf die Decke beiseite, stand auf und musste sich ein wenig bücken, um nicht ans Kabinendach zu stoßen. Eilig zog er sich seine Badehose über und blinzelte durch die offene Luke hinaus in die Sonne, die über den weiten Stoppelfeldern des Weizenanbaugebiets von Malmesbury, über dem Ufergebüsch und den vom Wind geformten Dünen auf ging. Er sah Yolandes dunklen Kopf, schmal und glatt wie den einer Seejungfrau, durch das grüne, rastlose Meer gleiten.

Sie war eine kraftvolle Schwimmerin, auch wenn sie ihm die hilflose, kleine Frau vorgespielt hatte. Er erinnerte sich, wie sie vor ihm gesessen und er geglaubt hatte, zwei verschiedene Frauen zu sehen.

Stirnrunzelnd rieb er sich mit dem Handrücken über das unrasierte Kinn.

Pascoe war während des zweiten Weltkriegs in Johannesburg geboren. Sein dunkles Haar, die lebhaften blauen Augen und die kräftige Hakennase erinnerten an seine Vorfahren aus Cornwall. Seine große, schlaksige Gestalt war jedoch die eines Südafrikaners in der zweiten Generation. Großvater Pascoe hatte schon zu Beginn des Jahrhunderts die ausgebeuteten Zinngruben verlassen, um auf dem Riff nach Gold zu graben. Sein Sohn hatte es ihm nachgemacht und war kurz nach dem Krieg an Tuberkulose gestorben. Seine Witwe hatte später wieder geheiratet, und zwar einen Bergwerksdirektor, den der heranwachsende Steve nicht mochte. Als Steve in die Bergbauakademie eintreten sollte, kaufte er sich eine Fahrkarte zweiter Klasse nach dem tausend Meilen entfernten Kapstadt. Seine Vorfahren waren Fischer gewesen, bevor sie in die Minen hinabstiegen, und Steve Pascoe ergab sich bereitwillig dem Ruf des Meeres.

Er war jung und stark und von rascher Auffassungsgabe. Zuerst tauchte er nach *Perlemoen*, wie man in Südafrika die Ohrschnecken nennt. Perlemoen sollten auf die Liebeskraft angeblich dieselbe Wirkung ausüben wie Austern, nur sehr viel intensiver, und so fanden diese Meerestiere unter den wohlhabenden Chinesen Hongkongs reißenden Absatz. Als dann die großen Perlemoen-Bestände ausgebeutet waren und andere Lieferanten auf dem Markt erschienen, erlernte Pascoe auf einem Trawler das Handwerk des Fischers.

Irgendwann begegnete ihm Yasmine.

Yasmine war geschieden und drei Jahre älter als er, eine Blondine mit braunen Augen, lebhaft, üppig und von der trügerischen Schönheit mancher fleischfressenden Pflanzen. Die Liebesaffäre dauerte ungefähr ein Jahr, aber als dann die Silvesternacht kam, legte sie ihn ab wie den alten Pin-up-Kalender an ihrer Badezimmertür.

In den darauffolgenden Monaten war es ihm ergangen wie einem Süchtigen, dem man plötzlich die gefährliche, aber ersehnte Droge entzogen hatte. Manchmal ersäufte er den Schmerz seiner gedemütigten und nicht erwiderten Liebe im Alkohol, aber er wusste, dass Trinken in seiner Lage auch nichts half, und er schloss sich bei nächster Gelegenheit einer Walfänger-Flotte an, die nach Süden ins ewige Eis fuhr.

In einer einzigen Fangsaison machte die Antarktis einen harten Mann aus Pascoe. Er musste zusehen, wie zwei seiner neuen Freunde unter furchtbaren Schmerzen starben, als die Sprengladung einer Harpune versehentlich im Bug des Walfängers hochging. Allmählich wuchs ihm ein festes Narbengewebe, nicht nur über die Wunden, die er selbst bei der Explosion erlitten hatte, sondern auch über jene Wunden, die Yasmine ihm seelisch zugefügt hatte.

Das Leben und Arbeiten unter mörderischen Bedingungen, bei Stürmen, die einen Mann bei der geringsten Unvorsichtigkeit über Bord wehten, war für ihn nicht nur eine wertvolle Erfahrung, sondern es brachte ihm auch mehr Geld ein, als er jemals zuvor auf einem Haufen besessen hatte. In Kapstadt erwartete ihn die Heuer plus Prämien. Die Versuchung, alles auf den Kopf zu hauen, war überwältigend. Zum Teufel mit dem Morgen! Aber auf dem Weg zu den zweifelhaften Vergnügungen der Dock Road fiel ihm ein kleines, rundliches Fischerboot auf, das zum Verkauf stand. Es war nach dem seltsam geformten Kofferfisch, dem kleinen Seeferkel *Seevarkie* genannt.

Er kaufte das Schiff kurz entschlossen, solange er noch genügend Geld in den Taschen hatte. Es wurde für ihn Zuhause und gleichzeitig Lebensunterhalt. Allmählich rüstete er es mit Tauchgeräten und Kompressoren für leichtere Bergungsarbeiten in flachen Gewässern aus. Aber für die Bergungsaktion, die er vorhatte, brauchte er ein größeres und stärkeres Schiff. Auf der Reede von Simonstown war der Rumpf eines alten Seenotkreuzers der Luftwaffe spottbillig zu haben, und eine geeignete Maschine lag in dem Wrack des gesunkenen Trawlers an der Stelle, wo sich die Felsen von Witkop aus dem Meer erhoben.

Fast mit einer Art Schuldgefühl wandte Pascoe den Blick von dem Mädchen und sah hinüber nach Steuerbord. Die Ebbe hatte schon eingesetzt. Die Insel Witkop lag eine halbe Kabellänge entfernt und bot ihm Schutz gegen die im Sommer vorherrschenden Südostwinde, falls sie über Nacht plötzlich aufkommen sollten.

Die Insel bestand aus dem zuckergrauen Granit, der in uralten Zeiten aus vulkanischen Tiefen emporgequollen war. und vom Meeresgrund den Sandstein des Tafelberges hoch in die Luft gehoben hatte. Dieser Granit hatte einen halben Kontinent geformt. Die Klippen von Witkop stiegen seewärts fast dreißig Meter hoch senkrecht aus dem Wasser empor und bildeten die Silhouette eines Segels: nach der Küste hin war der weniger steile Hang von Wind und Wetter ausgewaschen und mit Steinblöcken übersät. Am Fuß des Felsens erhob sich auf einem schmalen Felsband eine alte Hütte der Guano-Sammler, die nur von den höchsten Wogen erreicht werden konnte.

Die Hütte war aus soliden Eisenbahnschwellen errichtet. Sie hatte ein Tor, ein Fenster, Drahtmatratzen und einen vielfach gesprungenen, schmiedeeisernen Ofen. Pascoe sah ein wenig Rauch aus dem Schornstein aufsteigen. Die Jungs waren also endlich wach. Das Mädchen konnten sie nicht gesehen haben, sonst hätte er bestimmt ein paar anerkennende Pfiffe gehört. Er lächelte grimmig vor sich hin und überlegte, ob er ihnen etwas von dem eigenartigen Besuch erzählen sollte. Vorerst wollte er es jedenfalls für sich behalten.

Nachdenklich setzte er den Kessel auf. Er schlief an Bord, weil ihm einerseits das Alleinsein behagte und er andererseits für den Notfall gleich zur Stelle sein wollte.

Aber seine Mahlzeiten nahm er an Land zusammen mit der dreiköpfigen Besatzung ein.

Während er wartete, dass das Wasser kochte, trat er wieder an die offene Luke und stellte sich auf die Stufe des Niedergangs, um über das Kabinendach nach vorn sehen zu können. Ein Ruderhaus gab es nicht, nur achtern ein offenes Cockpit wie auf einer Yacht.

Er kam gerade noch recht, Yolande Olivier durch das seichte Wasser waten zu sehen. Das Schwimmen gegen die ablaufende Ebbe musste anstrengend gewesen sein. Wenn er nicht nackt unter seiner Decke gelegen hätte, würde er ihr wahrscheinlich angeboten haben, sie im Dinghi an Land zu bringen. Dass er es nicht getan hatte, war verdammt nachlässig von ihm gewesen, aber im Laufe seines rauen Lebens hatte er galante Gesten gegenüber Damen verlernt.

Er sah sie durch einen Einschnitt in den Dünen klettern und verschwinden. Dass sie sich nicht ein einziges Mal umblickte, enttäuschte ihn ein wenig.

Dieser Einschnitt in den Dünen kennzeichnete die Mündung des winzigen Palmiet River. Im Sommer wurde er durch den Sand blockiert, den die Südstürme aufwirbelten, wodurch die Lagune zustande kam. Sie wohnten zu dritt in einem Wohnwagen an ihrem Ufer, hatte sie gesagt. Drei Frauen.

Er kümmerte sich um den pfeifenden Wasserkessel. Drei Frauen an einer einsamen Küste - das konnte eigentlich nur Probleme aufwerfen. Er hoffte, dass kein größerer Ärger daraus entstand.

Kaffeeduft durchzog die Kabine und verdrängte vorübergehend den Geruch nach Dieselöl, Teer, salzwassergetränkter Takelage und Fisch. Pascoe trank seinen Kaffee aus einer großen Porzellantasse und rauchte dazu eine Zigarette. Mit dem Rest des heißen Wassers rasierte er sich, zog ein Paar Segeltuchschuhe über, räumte die Kabine auf und holte dann das schwarze Schlauchboot ein, das im Heck lag.

Das Dinghi reichte für fünf Mann und notfalls noch einen Kompressor. Es war mit Holz versteift und mit einem soliden 25-PS-Außenborder ausgerüstet. Pascoe ließ es zu Wasser, warf den Motor an und legte ab.

Eine Möwe schwebte über ihn weg, die rosa Füße an die glänzendweißen Federn gezogen, und das Dröhnen der Maschine übertönte sicherlich ihren klagenden Schrei. Pascoe gab Gas und spürte, wie sich der breite Bug hob.

Mython erschien in der offenen Tür der Hütte. Ohne irgendeinen Gruß oder auch nur ein Winken ging er schwerfällig zum Rand des Felsbandes und blieb abwartend stehen.

Pascoe schaltete den Motor ab, das Boot glitt sanft zur Anlegestelle. Er warf Mython ein Tau zu, der fing es mit der linken Hand auf und machte das Boot fest.

»Danke.« Pascoe griff hinauf nach der Felskante und zog sich an Land. »Alles in Ordnung?«

Er versuchte Mython in die wässrig-blauen Augen zu sehen, aber sofort sanken die sandfarbenen Wimpern hinab und schnitten jede Verständigung mit dem ausdruckslosen Mondgesicht ab. Angezogen wirkte Mython wie ein glatzköpfiger Eunuche, aber jetzt, wo er nur eine Badehose trug, hatte man diesen Eindruck ganz und gar nicht. Seine Männlichkeit war nicht zu bezweifeln, obgleich er völlig unbehaart war und ihm die fette Brust wie bei einer Frau auf den Schmerbauch hinabsank. Aber unter der Speckschicht lagen harte Muskeln. Er war der starke Mann des Quartetts, ein sehr geschickter Schwimmer und Taucher, bei der Arbeit unter Wasser unermüdlich, still und fleißig. Über seine Vergangenheit sprach er nicht.

Pascoe wusste von ihm nur, dass er früher einmal als Traktorfahrer gearbeitet hatte und in Südafrika die Deckschicht von Sand und versteinerten Muscheln von den Diamantenstränden weggeräumt hatte. Als er diese Beschäftigung leid war, kam er nach Kapstadt. Hier erfuhr er, dass Pascoe gerade die Bergungsrechte an der *Blushing Bride* erworben hatte und Taucher benötigte. Er bewarb sich sofort.

Nun hob er eine mit Sommersprossen übersäte Schulter - selbst seine blassen Lippen und die Mundschleimhaut wiesen Sommersprossen auf - und deutete zur Hütte zurück.

»Tony macht Frühstück.«

Seine Stimme klang eigenartig weich und fast einschmeichelnd. Sie bildete einen auffallenden Kontrast zu seiner mürrischen Art.

»Hoffentlich verbrennt er den Porridge nicht wieder«, sagte Pascoe. »Hast du Eier bekommen?«

»Ja, gestern Abend. Tony hat sie von der Farm geholt.«

»He, Skipper.« Tony Spencer tauchte mit einer Bratpfanne in der Hand an der Tür auf. Er hatte sich ein Küchenhandtuch als Schürze um die Mitte gebunden und trug ansonsten nur die Badehose, die praktisch ihre Uniform geworden war.

»Hab' doch gedacht, dass ich die Maschine höre. Porridge ist fertig. Wenn du willst, haben wir auch Honig und frische Sahne.«

»Großer Gott!«

»Mit einer Empfehlung vom Herrn des Hauses«, sagte Tony lächelnd. »Ich habe gestern Abend Mr. Pickard besucht. Ein sehr gastfreundlicher Herr.«

Tony Spencers vornehmer Akzent hatte Pascoe zuerst gestört. Wenn der Junge etwas sagte, klang es hochnäsig, aber inzwischen hatte Pascoe sich daran gewöhnt. Hinter der Gleichgültigkeit, die er zur Schau trug, verbarg sich sein Mut, hinter der Schlaksigkeit seine Fähigkeit, hart zu arbeiten.

Tony war der Benjamin der Crew. Er war neunzehn und hatte gerade begonnen, an der Universität Kapstadt Zoologie zu studieren. Diese Expedition war sein Ferienjob. Er hatte sich ihnen aus Freude am Abenteuer angeschlossen und nicht aus Interesse am Geld - seine Eltern, die erst kürzlich aus England eingewandert waren, besaßen genug davon.

Pascoe folgte ihm in die Hütte und setzte sich ans Kopfende des Tisches.

»Was hast du bezahlt?« Um die Finanzen kümmerte sich Pascoe. Er war gezwungen, streng hauszuhalten.

»Pickard?« Tony stellte die Pfanne wieder auf den Ofen und lächelte über die Schulter. »Keinen Heller. Er hat gesagt, wir könnten uns revanchieren, wenn wir zufällig einmal auf einen Hummer stießen.«

»In Ordnung.« Pascoe schaufelte sich Porridge aus dem eisernen Topf. »Wo steckt Van?«

»Der ist zu einem Strandlauf an Land geschwommen.«

»Überschüssige Energie abarbeiten?«

»Vermutlich, Skipper. Du weißt ja, wie verrückt er darauf ist, fit zu bleiben.«

Von Staden, ein untersetzter, dickschädliger Sproß einer Burenfamilie, war Pascoes Stellvertreter und das einzige Mitglied der Mannschaft, das schon seit einiger Zeit mit ihm zusammenarbeitete. Nichts konnte Van bekümmern: Er war immer unerschütterlich fröhlich. Genau wie Pascoe hatte er noch in den alten Tagen des Perlemoen-Fischens das Tauchen gelernt.

»In welche Richtung ist er denn gelaufen, Tony?«

Der Junge war gerade damit beschäftigt, die Speckscheiben mit einer Gabel umzudrehen. Er deutete mit dem Kinn nach Norden. »Dort auf die Klippen zu. Warum?«

»Ich dachte, er sei vielleicht landeinwärts gelaufen«, meinte Pascoe.

Tony lachte. »Du weißt also über den Wohnwagen und die drei Mädchen Bescheid, Skipper? Diese Neuigkeit wollte ich dir eigentlich erst zum Rührei servieren.«

Pascoe ließ etwas Honig in seinen Porridge fließen und versuchte einen Löffel voll. »Habt ihr schon welche davon gesehen?«, fragte er, ohne den Blick vom Teller zu nehmen.

»Alle drei, gestern Abend bei Pickard. Du kannst dir vorstellen, dass er ganz in seinem Element war. Er spielte den feinen Gastgeber, den Mann von Welt, den Gourmet und Frauenkenner. Es sind auch wirklich drei verdammt attraktive Mädchen.«

»Ich werde sie wohl schon noch kennenlernen.« Pascoe hoffte, dass sein gleichgültiger Ton entsprechenden Eindruck auf Tony machte.

Der Junge zögerte. Schließlich meinte er: »Ich hatte gehofft, dass wir sie alle heute Abend einladen könnten. Zu einem hübschen *Braaivleis*.« So nennt man auf Afrikaans das Spießbraten im Freien.

»Die haben Urlaub, wir nicht«, erinnerte ihn Pascoe. »Außerdem ist nicht genügend frisches Fleisch vorhanden.«

»Lex Pickard hat uns ein ganzes Schaf angeboten.«

Pascoe war im ersten Moment verärgert, weil seine Einwände so leicht zerstreut wurden. »Das heißt aber, dass wir ihn mit einladen müssen.«

»Warum auch nicht, Skipper? Er war doch sehr anständig uns gegenüber. Ach so - er sagte, falls du einen Traktor brauchst, könnte er ihn dir leihen.«

»So?« Pascoe hob die Augenbrauen. Ein Traktor könnte sehr nützlich werden, wenn es darum ging, die Maschine an Land zu holen. »Hast recht, Tony, lade sie ein, wenn du willst. Sie werden vermutlich unseren ganzen Schnaps austrinken, aber was soll's.«

Er hätte es nie zugegeben und es widersprach auch seiner besseren Einsicht: Aber er freute sich darauf, Yolande Olivier wiederzusehen.

Drittes Kapitel

Nach dem Frühstück tauchte Pascoe als erster in die Tiefe. Mython folgte ihm dichtauf. Die Crew war in zwei Schichten aufgeteilt, und das Paar, das gerade nicht tauchte, hatte sich im Boot um den Kompressor und die Luftzuleitungen zu kümmern. Ein Taucher mit Atemgerät konnte das Wrack zwar erreichen, musste aber nach ungefähr zehn Minuten rasch wieder an die Oberfläche. Selbst mit einem Doppelzylinder Luft war es unmöglich in einer solchen Tiefe länger zu arbeiten, zumal das Auftauchen ja umso mehr Zeit in Anspruch nahm, je länger man unten gewesen war. Pausen beim Auftauchen aber waren unumgänglich, wenn man eine Stickstoffvergiftung vermeiden wollte.

Die beiden Taucher bekamen reichlich Luft direkt von dem Kompressor an Bord des Fischerbootes. Das Boot war an Bug und Stern vertäut und schwebte fast genau über dem Wrack. Die Luft kam durch Plastikschläuche und wurde durch ein Spezialventil genau auf den Druck gebracht, den die Lungen brauchten. So ausgerüstet konnten Pascoe und Mython fast eine Stunde am Wrack arbeiten und mussten dann eine zweite Stunde mit dem lästigen, aber notwendigen Druckausgleich beim Auftauchen verbringen.

Pascoe zog eine Bahn silbriger Bläschen hinter sich her und stieß in ziemlich steilem Winkel nach unten vor. Die Gewichte an seinem Gürtel glichen den Auftrieb seines Körpers in dem Schaumgummianzug aus. Das Tauchen machte ihm Spaß - das Gefühl der Schwerelosigkeit, die dreidimensionale Freiheit, die seltsame Mischung von Erregung und Stille. Doch an diesem Morgen war er unausgeglichen. Er führte es auf seine Unterhaltung mit Yolande Olivier zurück, so wie jemand bei leichten Magenbeschwerden unwillkürlich an die Süßigkeiten denkt, die er vor dem Essen genascht hat.

Die Insel Witkop stieg an dieser Seite zwar senkrecht aus dem Wasser auf, doch unter dem Wasserspiegel gab es eine Reihe von stufenförmigen Felsvorsprüngen. Auf diesen Etagen wurzelte der zähe Seetang.

Die durchschimmernden, goldbraunen Fangarme, an deren Spitze medusengleiche Köpfe von bandförmigen Blättern wuchsen, tasteten sich blind zur Oberfläche hinauf. Manche dieser Tentakel maßen zwanzig Meter und darüber; mit der Ebbe schwebten sie seewärts und schwankten wie Kobras in den Wellen. Pascoe war sich ihrer gefährlichen Nähe durchaus bewusst. Er warf einen Blick nach oben. In einer flachen Kurve spannte sich über ihm der rote Luftschlauch, und am Kiel des Schiffes glänzten wie Juwelen kleine Wellen. Unterschwellig fürchtete er stets, dass sich sein Luftschlauch im Seetang verfangen könnte, dass er abknickte und ihm dann plötzlich die Luftzufuhr abgeschnitten war.

Er ging noch tiefer hinunter. Seine Gummimaske presste sich stellenweise ans Gesicht. Auf diese Weise passte sich der Innendruck in der Maske dem Wasserdruck an. Ansonsten hätte die Gefahr bestanden, dass ihm der Sog die Augen aus dem Kopf riss.

Auf gleicher Höhe mit ihm glitten Flosse an Flosse drei Rochen dahin. Wie Adler schossen sie nach oben und zogen ihre peitschenförmigen Schwänze hinterher. Meistens bekam er auch Haie zu sehen und behielt sie im Auge, obgleich sie ihm eigentlich kein Unbehagen verursachten. In diesen kühlen Gewässern gab es reichlich Fische, und die Haie waren normalerweise so überfüttert, dass sie sich nicht um Menschen kümmerten.

Das sonnendurchstrahlte Grün des Meerwassers wich einem immer dunkler werdenden Blau. Unter ihm lag das ewige Zwielicht des Meeresgrundes.

Er sah den blassen Sandboden auf sich zukommen, den dunklen Umriss des Wracks und einen dichten Schwarm Fische - anscheinend Makrelen -, die aus dem Schutz des Hecks davonstoben. Der Rumpf war dicht hinter dem Mittschiff eingedrückt und der Hauptschaden an den Decksaufbauten entstanden. Er klammerte sich an einen der geborstenen Balken und versuchte, sich auf die Arbeit zu konzentrieren, aber er hatte immer noch die Stimme des Mädchens im Ohr. So zog er sich hinauf zu der offenen Luke und warf einen Blick in die finstere, versandete Kabine.

Bis jetzt hatte das Wrack ihm keinerlei Sorgen bereitet. Er durfte sich sogar zu diesem Fang beglückwünschen, weil keine andere Bergungsfirma sich für die Sache interessierte und er die Rechte praktisch umsonst bekam. Die Maschine allein war rund siebenhundert Pfund wert, und es gab sicher auch noch andere Gegenstände zu bergen.

Mit diesen Gedanken tröstete er sich, als er durch die Luke spähte. Die *Blushing Bride* war nichts weiter als ein Wrack, von dem er sich nach Belieben bedienen durfte. Bis zu der morgendlichen Unterhaltung mit Yolande Olivier hatte er das Schiff nie als Desmond Mercers Sarg betrachtet und angenommen, dass Mercer irgendwo ins Meer abgetrieben worden war. Aber nun ahnte er plötzlich die Nähe des Todes.

Etwas bewegte sich dicht neben ihm. Erschrocken fuhr er herum, doch das Wasser verlangsamte seine Reaktionen. Mythons unförmige Gestalt tauchte aus dem Dunkel auf. Pascoe brachte es fertig, die vorübergehende Beklemmung abzuschütteln.

Er deutete auf das Loch im Rumpf, das sie zu erweitern versuchten. Mython hob zur Bestätigung die Hand und holte das Werkzeug, das sie schon zuvor im Wrack deponiert hatten.

Sie arbeiteten mit einem Brecheisen und einem drei Meter langen Stück Eisenrohr, das sie als Hebel benutzten. Erst so bekamen ihre gewichtslosen Körper die Kraft, die Flanken aufzubrechen. Das Holz des alten Trawlers war immer noch sehr gesund und stark. So wurde eine langsame und sehr anstrengende Arbeit daraus.

Nachdem sie die Planken beseitigt hatten, wollte Pascoe einige Rippen wegschneiden und die Maschine durch die Seite des Rumpfes herausholen.

Die beiden Männer arbeiteten gut zusammen. Sie konnten sich kaum verständigen, aber das war auch nicht erforderlich. In den fünfzig Minuten, die sie Zeit hatten, brachen sie so viele Planken weg, dass die ölverschmierte Befestigung der Maschine freigelegt war. Es war ein erregender Augenblick. Pascoe kehrte nur ungern zur Oberfläche zurück. Aber ihre Zeit war abgelaufen. Er gab Mython das Zeichen zum Aufstieg.

So schwerfällig und klobig Mython auch an Land wirkte, unter Wasser entwickelte er überraschenderweise die Eleganz eines Seehunds. Es war zugegebenermaßen die Eleganz eines Seehundbullen, aber er ging mit seinen enormen Kräften sparsam um und bewegte sich sehr beherrscht. Mit einem bedächtigen Wedeln der Schwimmflossen begann er seinen Weg zur Wasseroberfläche. Er achtete darauf, die Blasen nicht zu überholen, die aus seinem Atemventil aufstiegen.

Pascoe umfasste sein Wrack mit einem letzten stolzen Besitzerblick. Bisher war er mit den erzielten Fortschritten ganz zufrieden. Wenn sie dieses Tempo den Tag über durchhielten, konnten sie die Maschine vielleicht schon am nächsten Morgen abschrauben.

Er sah nach oben. Mythons schwarze Gestalt hing in dem tiefblauen Wasser. Die Blasen stiegen aus seinem Mundventil in einem silbrigen Strom auf. Da der Grundsatz herrschte, dass die beiden gemeinsam tauchenden Männer immer zusammenzubleiben hatten, wartete Mython auf seinen Chef. Pascoe empfand fast so etwas wie ein Gefühl der Freundschaft gegenüber diesem düsteren Kumpan, stieß sich ab und schwebte ebenfalls nach oben.

Er hatte das Bewusstsein, ein gutes Stück Arbeit geleistet zu haben, und war angenehm müde. Er freute sich schon auf den Kaffee und darauf, sich die Knochen von der Sonne durchwärmen zu lassen.

Plötzlich sanken seine Backen ein, als er an dem Mundstück saugte, das beruhigende Zischen der Luft durch das Einlassventil hatte aufgehört.

Er kämpfte gegen die Panik an, schwamm steil nach oben, riss an der Luftleitung und versuchte, sie von dem Hindernis freizuschütteln. Sie hatte sich vermutlich in dem ewig bewegten Tang verfangen und war abgeknickt. Da fiel ihm sein Gewicht ein. Er drückte auf den Blitzverschluss der Schnalle und streifte die Tauchgewichte ab. Mit einem Satz schoss er nach oben und wusste dabei genau, dass er längst ertrunken sein würde, bevor er die ferne Wasseroberfläche erreicht hatte. Andernfalls würde er qualvoll an einer Stickstoff-Vergiftung sterben.

Seine Gedanken drehten sich im Kreise. Die primitive Angst vor dem Wasser, die durch langjährige Übung, das Vertrauen in die gute Ausrüstung und seine eigenen Fähigkeiten im Zaum gehalten wurde, griff nach ihm. Er kämpfte dagegen an. Ein lebensrettender Luftstrom sprudelte über seinem Kopf ins Wasser. Eine Hand griff nach seiner Schulter, und Mython versuchte, ihm das Mundstück aus den Zähnen zu reißen. Pascoe verbiss sich darin. Mython wollte ihn umbringen. Ihn daran hindern, die Oberfläche zu erreichen.

Doch im nächsten Augenblick hatte er sich wieder in der Gewalt. Er war vom Luftmangel fast erstickt. Blasen sprangen ihm ins Gesicht. Mython drückte ihm sein eigenes Mundstück gegen die Lippen, und Pascoe saugte erleichtert die herrliche Luft in seine gequälten Lungen.

Nun war alles ganz einfach. Es kam nur darauf an, das Mundstück abwechselnd zu benutzen. Mythons rechte Hand hielt immer noch Pascoes Schulter fest und regulierte das Tempo des gemeinsamen Aufstiegs. Sie gelangten in eine Tiefe, in die schon Sonnenstrahlen vordringen konnten, und hielten inne, als der Tiefenmesser an ihrem Handgelenk zehn Meter anzeigte. Hier begann die kritische Zone für den Druckausgleich. Sie mussten dreißig Minuten warten, bis der Stickstoff, der sich in ihrem Blutkreislauf angesammelt hatte, allmählich durch die Lungen wieder ausgestoßen wurde. Während dieser ersten Wartezeit gelang es Pascoe, seine Atemleitung einzuholen. Wie er vermutet hatte, war sie abgeknickt und so sehr in das Gewühl von fingerdickem Tang verstrickt, dass er sie freischneiden musste, ehe der Luftstrom wieder einsetzte.

Von da ab konnte er seinen eigenen Luftvorrat benutzen. Noch zweimal mussten sie zum Druckausgleich anhalten: fast eine halbe Stunde bei sieben Metern und - was am schlimmsten war - etwa genauso lange bei drei Metern Tiefe. Bei diesen Pausen hatte er genügend Zeit zum Nachdenken. Er beschloss, dass seine Taucher für einen derartigen Notfall künftig Atemgeräte mitführen müssten. Sie konnten sie während der Arbeit auf dem Meeresgrund ablegen, wenn sie wollten, aber der Notvorrat an Luft musste sich stets in ihrer Reichweite befinden.

Er beschloss außerdem, seine Entdeckung vorläufig für sich zu behalten. Vor ein paar Minuten war es ihm sogar gelungen, Mython nichts merken zu lassen. Er würde zwar alle erforderlichen Sicherheitsvorkehrungen treffen, aber die Bergung der Schiffsmaschine durfte nicht gefährdet werden. Wenn ihm das nicht gelang, war die ganze Aktion ein glatter Fehlschlag, und eine solche Panne konnte er sich nicht leisten.

Sobald sich die Maschine sicher an Land befand, wollte er die Crew ins Vertrauen ziehen und es jedem Einzelnen überlassen, ob er Weiterarbeiten wollte oder nicht. Dann würde er ihnen sagen, dass der Knick in seiner Luftleitung nicht zufällig entstanden war. Jemand hatte sein Rohr abgeknickt und es mit Tang so festgebunden, dass es ihm allein niemals gelungen wäre, sein Leben zu retten. Mit anderen Worten: Irgendjemandem war daran gelegen, ein

Geheimnis zu wahren, das da unten in dem Wrack verborgen lag. Dieser Jemand hatte versucht, ihn zu ermorden.

Viertes Kapitel

Pascoe beugte sich über das Heck der *Seevarkie* und starrte nachdenklich hinunter in die blaugrüne Tiefe. Eine leere Öltonne, die fast in Reichweite auf und ab hüpfte, bezeichnete die genaue Lage des Wracks. Schon zum zwanzigsten Mal redete er sich ein, dass kein Anlass zur Besorgnis bestand. Van und Tony arbeiteten gerade an der Beseitigung der freigelegten Rippen des Schiffsrumpfs, und beide hatten für den Notfall Atemgeräte mit. Er hatte sie eindringlich vor dem Tang gewarnt.

Natürlich hatte er sie nicht vor dem Unbekannten gewarnt, der einen Mordanschlag auf ihn verübt hatte. Das beunruhigte ihn, aber das Wetter konnte jeden Augenblick Umschlagen, und er wollte die Maschine ohne unnötige Verzögerungen bergen. Schließlich hatte er ihnen ja nichts Wesentliches verheimlicht. Er hatte alles für ihre Sicherheit getan, falls sich ein solcher Zwischenfall wiederholen sollte.

Rückblickend erkannte er, dass der Anschlag auf sein Leben etwas Amateurhaftes an sich hatte. Da er und Mython Berufstaucher waren, hätten sie sich auf jeden Fall gegenseitig geholfen. Das war ja der Grund, warum nur paarweise getaucht wurde. Aber wenn nun beide Luftleitungen unterbrochen worden wären? Dann hätte sie nichts mehr retten können.

Er erinnerte sich an die augenblickliche Panik, die ihn da unten auf dem Meeresgrund befallen hatte. Seine Muskeln verkrampften sich von neuem. Er versuchte, sich ganz bewusst zu entspannen, und atmete tief die reichlich vorhandene Luft ein. Er spürte das Salz auf seinen Lippen und die Wärme der Sonne auf den Schultern. Hinter ihm tuckerte gleichmäßig der Kompressor, und selbst wenn er versagte, brauchten die beiden da unten nur auf den großen Druckluftzylinder umzuschalten, den sie in Reichweite liegen hatten. Es bestand also gar kein Grund zur Sorge.

Zwei Luftleitungen, eine rote und eine grüne, führten in die Tiefe. Er versuchte, ihnen mit den Blicken zu folgen. Die Strömung trieb sie in weitem Bogen vom Boot weg. Die grüne Leitung verlor er dicht unter der Oberfläche aus den Augen. Die rote konnte er ein Stück weiterverfolgen. Er sah, dass sie ziemlich dicht an der Insel Witkop unterhalb des äußeren Randes der Tangzone verlief. Ein Schwimmer mit Maske und Schnorchel konnte im Schutz der Felsen ins Wasser steigen, sich tief unter der Oberfläche an der Luftleitung zu schaffen machen und ungesehen im Schutz der Insel wieder verschwinden.

Aber wer?

Yolande ganz gewiss nicht, da sie daran interessiert sein musste, dass er seine Arbeit an dem Wrack planmäßig beendete. Nein, es musste schon jemand sein, der die Entdeckung eines Geheimnisses zu fürchten hatte, das im Rumpf der *Blushing Bride* verborgen lag.

Pascoe dachte über dieses Problem nach. Ein Schwarm Schmeißfliegen zog vorüber, und ihre langen Stacheln zogen Spuren auf dem Wasser.

»Kaffee ist fertig, Skipper«, sagte Mython und reichte ihm einen Becher.

»Danke, Myth.«

Diese Abkürzung gebrauchten Van und Tony immer. Mythons Vornamen schien niemand zu kennen.

Kurz nach fünf Uhr beendeten sie vorläufig die Arbeiten. Die Öffnung im Schiffsrumpf war jetzt groß genug für die Maschine. Pascoe gestattete sich den Luxus einer Süßwasserdusche. Danach betrachtete er sich im Spiegel und stellte fest, dass es vorerst auch noch ohne Rasur ging.

Er zog seine verwaschene Khakihose, Sandalen und ein marineblaues Wollhemd an, fuhr sich mit dem Kamm durch das feuchte Haar und ging mit dem Dinghi an Land. Mit *an Land* war das untere Ende von Witkop gemeint, wo seine drei Kameraden wohnten. Tony, der mit seiner dunkelbraunen Hose, dem kaffeefarbenen Hemd und einem locker geschlungenen gelben Halstuch lässig elegant wirkte, nahm ihm das Dinghi ab, um ihre Gäste abzuholen.

Mython baute aus Treibholz ein Feuer für den *Braaivleis* auf, während Van an dem Tisch vor der Hütte stand und geschieht das Fleisch schnitt. Tony war bereits um die Mittagszeit an Land gegangen, um die Einladung noch einmal zu wiederholen und das Schaf mitzubringen.

»Kann ich irgendwie helfen, Van?« Pascoe trat an den Tisch.

»Kannst zwei Kästen Bier aufmachen, Skipper.«

»Gute Idee. Wo ist es?«

»Tony hat's im Meer kaltgestellt.«

»Er scheint an alles zu denken.«

»*Daardie*-Tony ist ein braver Junge.«

»Besser kann man ihn sich gar nicht wünschen«, bestätigte Pascoe lächelnd.

Daardie-Tony - dieser Tony - nannten ihn wegen seiner Eigenheiten die farbigen Fischer in einer Art liebevollen Ironie. Afrikaans konnte er nicht richtig sprechen, aber es gelang ihm ausgezeichnet, ihren Akzent und ihr Mienenspiel nachzuahmen. Als einziges Utensil benötigte er eine leere Flasche. Dann entlockte er ihnen wahre Lachsalven. Sie achteten ihn, da er aus England stammte, und hatten ihn in ihr Herz geschlossen, da er keinerlei Bosheit kannte und da sie wussten, dass er sich in Wirklichkeit nicht über sie, sondern über sich selbst lustig machte.

Pascoe lehnte sich an die Mauer der Hütte und trank sein Bier. Der Abend würde warm werden und beinahe windstill. Im Schatten knackte und knisterte das Treibholzfeuer, und die gelben Flämmchen zuckten über das salzüberzogene Holz. Ein paar Rauchfetzen trieben zu ihm herüber und erinnerten ihn an die Strandpartys, die er in früheren Zeiten gefeiert hatte, bevor er Yasmine begegnet war. Wenn er nur malen könnte! Die einst so lebhaften Bilder verwischten sich bereits. Der Feuerschein auf dem Gesicht eines jungen Mädchens... Was ihm von diesen Partys am deutlichsten in Erinnerung geblieben war, das war die seltsame Harmlosigkeit; selbst wenn sie nachher in der warmen Nacht nackt schwimmen gegangen waren, hatte sich nie etwas abgespielt. Das Leben war eben voll versäumter Gelegenheiten.

Nachdenklich trank er sein Bier aus. Mit Yasmine war er nie bei einem *Braaivleis* gewesen, obwohl er es ein- oder zweimal vorgeschlagen hatte. So etwas war nichts für sie. Ihr Geschmack war verwöhnter: Nightclubs, teure Restaurants, kostspielige Dinners, laute Musik und Liebe auf einer Federkernmatratze. Innerlich stöhnte Pascoe auf. In diesem Punkt war ihr Hunger fast unersättlich gewesen.

Er drehte den Kopf zur Seite und ließ sich die Sonne ins Gesicht scheinen. Drei Kormorane - Duikers - segelten herein und landeten auf einem der Granitblöcke am Hang.

Die Vögel hatten sich ihre Abendmahlzeit zusammengefischt und hängten nun ihre Schwingen zum Trocknen in die Sonne: eine Versammlung von Hexen, Wappentieren, umgeben von Feuerschein.

»Das Dinghi kommt, Skipper«, sagte Van und erinnerte ihn an seine Pflichten als Gastgeber.

Pascoe lauschte eine Weile dem gleichmäßigen Tuckern des Außenborders, das sich von dem vertrauten Rauschen des Meeres abhob, den Wellen, die an die Felsen brandeten, der fernen Dünung auf der Küste. Er musste an Yolande Olivier und ihre ungewöhnliche Bitte denken. Sie hatte sich lächerlich gemacht und schämte sich. Sie hatte Mercers Witwe Unrecht getan, und es war ganz klar, dass sie das wiedergutzumachen versuchte.

Er warf die leere Bierdose ins Meer und ging seinen Besuchern bis an die Felskante entgegen. Dabei kam er sich ein wenig unsicher oder gar verletzt vor. Es war schon lange her, seit er sich erlaubt hatte, an eine bestimmte Frau zu denken. Yasmine hatte ihm eine Lehre erteilt. Die Verbitterung darüber saß noch tief in ihm.

Das Dinghi kam näher. Er hob grüßend die Hand. Tony schaltete den Motor ab, Pascoe fing die Leine auf und machte sie fest.

»So, Mädchen«, sagte Tony, »das ist unser Skipper Steve Pascoe.« Das ziemlich lange, ausdrucksvolle Gesicht grinste ihn vom Dinghi herauf an. »Du hast drei Blondinen bestellt, Skipper, aber ich kann dir nur zwei Blondinen und eine Brünette offerieren.«

»Einmal will ich's dir noch nachsehen, Tony.« Pascoe hatte das Gefühl, dass der Junge ihm die Sache erleichtern wollte.

Die Brünette war natürlich Yolande. Er bemerkte das heimliche Lächeln, das um ihre Lippen spielte. Sie trug einen enganliegenden Pullover aus weißer Wolle, und ihr Haar lag jetzt nicht mehr glatt an den Kopf geschmiegt, sondern es war in weichen, dunklen Wellen aus der Stirn zurückgekämmt und wurde im Nacken sehr sittsam von einer roten Seidenschleife zusammengehalten.

Er half den Mädchen an Land.

»Willkommen auf Witkop«, sagte er. Es klang ein wenig gezwungen.

Tony legte seine Hand für einen kurzen Augenblick besitzergreifend auf die Schulter einer schlanken Neunzehnjährigen in ausgebleichten Jeans. Er sagte: »Sally ist die kleinste. Sally Blake, Isobel Simmonds und Yolande Olivier.«

Pascoe sah ein wenig verlegen von einer zur anderen und murmelte: »How do you do?«

Sie gaben ihm nacheinander die Hand. Dabei bekam er schon einen bestimmten Eindruck von ihnen. Sally, die jüngste, war ernst und schüchtern. Ihr Gesicht erinnerte ihn an das halbvergessene Profil des Mädchens im Feuerschein. Isobel war munter und freundlich. Ein kräftiges, recht hübsches Mädchen, das aber schon bald auf sein Gewicht achten musste. Und Yolande...

Ihre Hand ruhte bedeutungsvoll einen Augenblick länger in der seinen. Sie hatte ein Make-up benutzt, das die Mandelform ihrer grauen Augen noch betonte.

»Ich glaube, ich habe Sie heute Morgen in Ihrem Boot gesehen, Steve.« Ihre Stimme klang wie ein katzenhaftes Schnurren, und sie spielte bewusst mit einer Andeutung der Wahrheit. »Ich glaube nicht, dass Sie mich gesehen haben.«

Der scharlachrote Bikini hatte kaum etwas verdeckt. Ebenso gut hätte sie auch nackt vor ihm stehen können.

»Waren Sie schwimmen?« Sein Mund war plötzlich ausgetrocknet.

»Die Lagune hängt mir zum Hals heraus. Das Wasser ist lauwarm und abgestanden.«

»Das ist Lex Pickard, Skipper«, unterbrach Tony die Unterhaltung. »Ich glaube, Sie haben sich schon kennengelernt.«

»Nett von Ihnen, Steve, dass sie uns alle einladen.« Lex Pickards leise Stimme klang freundlich und höflich.

Einen Farmer aus Malmesbury - oder überhaupt einen Farmer - hatte sich Pascoe völlig anders vorgestellt. Pickard war etwa fünfzig, ein hochgewachsener Mann, der leicht vornübergebeugt ging und dadurch etwas von einem neugierigen Vogel an sich hatte. Sein bereits recht dünnes, graues Haar war sorgsam über die rosa schimmernde Glatze gekämmt, und seine Augen mit den Krähenfüßen in den Ecken leuchteten kornblumenblau. Sie gaben seinem Gesicht etwas Jungenhaftes, das nicht zu dem schütteren Haar und dem kleinen Bäuchlein passte. Er war sportlich, aber sehr gut gekleidet: senffarbene Strickjacke, blaue, sehr gut geschnittene Hose und Wildlederschuhe mit Kreppsohlen.

»Ich muss mich bei Ihnen noch für das Schaf bedanken«, sagte Pascoe linkisch.

Pickard nahm den Dank mit einem leichten Achselzucken an und bedeutete damit gleichzeitig, dass es nichts zu danken gab.

Dann drehte sich die Unterhaltung um allgemeine Themen. Tony holte den widerstrebenden Mython und stellte ihn vor. Van reichte die Bierdosen herum.

Pascoe bemerkte, dass nicht das Bier, sondern Lex Pickards Persönlichkeit das Eis brach. Er redete zwar nie lang, aber er hielt die Unterhaltung durch Fragen und Zwischenbemerkungen in Gang und bewies großes Geschick darin, die anderen zu veranlassen, aus sich herauszugehen und sich wohl zu fühlen. Dennoch hatte Pascoe den Eindruck, dass er selbst ein wenig nervös war. Die Unruhe seiner Hände, die raschen Seitenblicke, verriet seine innere Spannung. Es war fast, als lägen unter der Schale der Wohlerzogenheit die Nervenenden bloß.

Natürlich drehte sich das Gespräch um das Wrack und die Bergungsprobleme.

»Ich dachte, es liegt dicht vor der Küste«, sagte Pickard. »Fällt die Insel Witkop nicht steil bis zum Meeresboden ab?«

Pascoe schüttelte den Kopf. »Es sieht nur so aus, aber unter der Wasserlinie gibt es ein paar Felsbänder.«

»Zu schmal für den Trawler?«

»Ja natürlich, er muss daran vorbeigerutscht sein, als er sank. Der dichte Seetang ist ein echtes Problem. Er wurzelt auf diesen Felsbändern und bildet eine Art schwimmendes Dach über dem Wrack.«

»Ist das nicht sehr gefährlich?«

Isobel Simmonds beugte sich vor und legte den Kopf zur Seite. Ihr blondes, von Sonne und Salz ausgebleichtes Haar war zu einem dicken Zopf geflochten, dessen Ende von einem Gummiband zusammengehalten wurde.

Tony meldete sich zu Wort, ehe Pascoe etwas sagen konnte. »So gefährlich, dass der Skipper heute Morgen fast ertrunken wäre, weil der Tang eine Luftleitung abklemmte.«

»Wirklich?« Aus Isobels warmer Stimme klang echte Besorgnis heraus.

»So schlimm war's auch wieder nicht.« Es gefiel Pascoe nicht, plötzlich im Mittelpunkt der Aufmerksamkeit zu stehen. »Mython hat mich gerettet. Solange man zu zweit taucht, besteht keine echte Gefahr. Wir haben beide aus einem Mundstück geatmet.«

»Wie ist das denn passiert?«

Diese Frage kam von Yolande. Sie war an Pascoe gerichtet, aber er bemerkte, dass sie dabei Lex ansah.

»Wie Tony schon sagte: Meine Luftleitung verfing sich im Tang, und ich musste Mythons benutzen. Das war alles.«

»Aber dabei hätten Sie doch ertrinken können, Steve!«

»Kaum«, antwortete er und fragte sich unwillkürlich, ob die Besorgnis in ihrer Stimme wirklich nur ihm galt. »Trotzdem nehmen wir von jetzt an beim Tauchen immer einen Reservetank mit hinunter.«

»Wie kommen Sie voran, Steve?«, erkundigte sich Lex Pickard.

»Es läuft alles mehr oder weniger planmäßig. Bisher sind wir auf keine größeren Schwierigkeiten gestoßen. Die kommen erst morgen, wenn wir damit beginnen, die Maschine freizulegen und zu heben.«

»Ich habe einen Traktor mit einer Motorwinde. Würde Ihnen der etwas helfen?«

»Sehr viel«, sagte Pascoe. »Es ist aussichtslos, die Maschine an Bord der *Seevarkie* zu hieven, aber wenn ich sie darunter, dicht unter dem Kiel, vertäuen könnte, dann könnte ich damit fast bis in die Brandung fahren und die Maschine auf einen Schlitten aus Treibholz hinunterlassen und diesen Schlitten mit Hilfe Ihres Traktors an Land ziehen. Der Strand ist sehr sandig.«

»Geben Sie mir Bescheid, wenn Sie ihn brauchen«, sagte Pickard.

»Danke, das nehme ich gern an. Ich muss schon sagen, dass Sie uns eine große Hilfe sind.«

Die jungenhaften blauen Augen lächelten. Die Krähenfüße an den Seiten wurden noch tiefer.

»Ist schon gut. Wir leben hier sehr ruhig und freuen uns über jede Abwechslung.«

»Waren Sie denn in der Nacht, als der Trawler verunglückte, zu Hause?«

Er nickte und trank einen Schluck Bier. Pascoe bemerkte, dass die anderen sich unterhielten, aber Yolande hörte Lex zu. »Ich wollte es erst nicht glauben, als einer der farbigen Fischer zu mir gelaufen kam und es berichtete«, sagte er. »In jener Nacht hätte ich keinen Schiffbruch erwartet. Es wehte nur ein leichter Nordwestwind, und der Trawler lag mit Maschinenschaden hinter der Insel Witkop. Gegen neun Uhr ließ der Wind nach. Die einlaufende Flut trieb das Schiff im Bogen auf Witkop zu, und dann muss wohl das Ankertau gebrochen sein. Der Kahn lief auf die Felsen auf. Als ich die Küste erreichte, war er verschwunden.«

»Mit einer vorschriftsmäßigen Wache an Bord hätte Mercer das Schiff retten können.«

Lex Pickard zuckte die Achseln. »Ich bin zwar kein Seemann, aber das dachte ich auch.«

»Haben Sie Mercer gekannt?«, fragte Pascoe.

Für einen kurzen Augenblick zogen sich die schmalen Lippen von den etwas vorstehenden Zähnen zurück. Das geschah so rasch, dass Pascoe sich nicht ganz sicher war, ob er es sich nicht nur eingebildet hatte. Pickards Stimme klang nämlich gleich wieder weich und voll Bedauern. »Leider nein. Er muss ein bemerkenswerter Mann gewesen sein. Eine Gestalt aus dem siebzehnten Jahrhundert. Ich hätte ihn gern einmal kennengelernt.«

Pascoe sah zu Yolande hinüber. Sie saß an den Fels gelehnt, die Knie bis unters Kinn hochgezogen, die Augen geschlossen. Der Schein der untergehenden Sonne fiel auf sie, vergoldete die Spitzen der dunklen Wimpern und ließ ihre Haut aufleuchten. Dann schlug sie die Augen auf und suchte sofort seinen Blick.

»Soll ich Ihnen noch ein Bier holen?«, fragte Pascoe ungeschickt.

»Danke, Steve.« Sie lächelte ihn an. Obgleich er den Spott und den Triumph in diesem Lackeln spürte, sagte er sich doch unwillkürlich: Wie schön sie ist.

Die Sonne ging unter und beleuchtete mit einem letzten Strahl den von weißlichem Guano überzogenen Gipfel der Insel Witkop. Er wurde plötzlich blutrot. Die Felsen hielten noch die Wärme des Tages zurück, aber man setzte sich doch dichter ans Feuer, vielleicht mehr aus Instinkt, um Schutz zu suchen gegen die Nackt, die sich nun auf sie hinabsenkte.

Das Feuer war zu schwarzroter Glut niedergebrannt, über der die Hitze waberte. Van baute den Bratrost auf und übernahm diese Aufgabe genauso bereitwillig wie viele andere kleine und mühsame Aufgaben.

»Kann ich helfen, Van?« Isobel war aufgestanden.

»Baie dankie«, antwortete Van mit überraschtem Lächeln. »Besten Dank. Zuerst müssen wir die Fleischstücke salzen und pfeffern. Wenn man das zu früh tut, trocknet das Fleisch aus.«

»Sie sprechen wie ein Fachmann«, neckte ihn Isobel auf Afrikaans.

»Dann kann ich mich also hinsetzen, in aller Ruhe mein Bier trinken und alles Ihnen überlassen, *mejujjrou*?«

»Oh, nein, das werden Sie nicht tun. Wenn das Fleisch verbrennt, sind Sie schuld dran.«

Pascoe wandte sich an Yolande, die neben ihm saß, auf der anderen Seite von Lex Pickard eingerahmt.

»Nettes Mädchen, diese Isobel.«

»Und sehr häuslich, Steve.«

»Sind Sie das nicht?«

»Ich bin Künstlerin.«

»Schließt eins denn das andere aus?«

»Nicht unbedingt, Isobel ist nämlich auch Künstlerin.«

»Welcher Art?«

»Graphikerin«, sagte sie. »Und eine sehr gute, das können Sie mir glauben.«

Er nickte. »Das kann ich mir vorstellen.«

Sie beugte sich zu ihm hinüber, senkte die Stimme und wechselte das Thema. »Es tat mir wirklich leid vorhin, als ich von Ihrem Pech hörte. Aber dadurch ändert sich doch wohl nichts an Ihrem Programm?«

»An welchem Programm?«

»Sie wissen schon.«

»Zuerst die Maschine und dann...«

Ihre Finger schlossen sich sanft um sein Handgelenk. In dem flackernden Licht bemerkte er, wie sie ihn flehend ansah.

»Dann diese schreckliche Kiste«, hauchte sie.

Er sträubte sich immer noch dagegen, irgendeine Verpflichtung einzugehen, sich auf etwas einzulassen, was nicht seine Angelegenheit war. Er hatte das Wrack in erster Linie wegen der Maschine gekauft; sobald diese geborgen war, hatten sich die Investitionen gelohnt, und er konnte zufrieden sein. Natürlich gab es noch ein paar andere Dinge, die er ebenfalls mitnehmen wollte: die Netze und verschiedene Ausrüstungsgegenstände, vielleicht sogar die Instrumente, wenn das Seewasser sie nicht zu sehr beschädigt hatte.

»Wenn es soweit ist, werde ich sehen, was sich mit der Kiste machen lässt«, sagte er.

Sie zeigte ihm durch einen Druck ihrer Hand ihre Dankbarkeit. »Ich weiß, dass Sie mich nicht im Stich lassen werden, Steve.«

Sofort meldete sich die unbewusste Abwehr, die seit seiner Affäre mit Yasmine immer sehr leicht auszulösen war; die Abneigung gegen Frauen war ihm fast zur zweiten Natur geworden.

»Verlassen Sie sich lieber nicht darauf«, sagte er.

Van und Isobel brachten auf einem Brett das Fleisch ans Feuer. Sie stellten es hin, dann hielt Van die Handfläche an den Grill und prüfte die Hitze.

»In Ordnung, Van?« Isobel begann, die Fleischstücke auf den Grill zu legen.

»Genau richtig. Rindfleisch kann man scharf grillen, aber Hammelfleisch wird am besten, wenn man es langsam bei kleiner Hitze brät.«

Es roch nach Braten, Fetttropfen zischten in der Glut, und gelegentlich stieg etwas Rauch auf, wenn Van aus einer Bierdose frisch aufzüngelnde Flämmchen mit Wasser löschte. Mython zündete eine Petroleumlampe an und hängte sie über den Tisch vor der Hütte. Tony und Sally richteten die Butterbrote" her, während Pascoe neue Bierdosen herumreichte.

Der Mond schien nicht, nur die riesigen, sanft: funkelnden Sterne des südlichen Himmels strahlten. Das Meer lag da wie ein gewaltiges, dunkles Seidentuch, das hier und da mit weißer Litze bestickt ist. Die Insel Witkop erhob sich schattenhaft wie ein riesiger Grabstein in die Nacht.

Pascoe lauschte der Unterhaltung ringsum, aber in Wirklichkeit war er mit seinen Gedanken allein. Sie bildeten eine Barriere aus schmerzlichen Erinnerungen zwischen ihm und einer schönen, begehrenswerten Frau wie Yolande Olivier.

Es ist eigentlich nicht so sehr die Angst davor, wieder zurückgestoßen zu werden, sagte er sich, sondern vielmehr eine bewusste Gleichgültigkeit gegenüber schönen Frauen. Yasmine war sehr schön gewesen. Gerade das verleitete sie zu der Überzeugung, dass sie nur mit dem kleinen Finger zu winken brauchte, um von den Männern alles zu bekommen, was sie wollte. Es war ganz logisch, dass eine schöne Frau allein durch ihr Äußeres die gewünschte Aufmerksamkeit erreichte, während andere, ganz normale Frauen, wie die nette Isobel zum Beispiel, fast unbewusst noch andere Attribute und attraktive Seiten hervorkehrten.

»Sie sind sehr still, Steve«, bemerkte Yolande.
»Verzeihen Sie, mir geht so viel durch den Kopf.«
»Woran haben Sie gerade gedacht?«
»An Odysseus«, sagte er und stand auf. »Odysseus allerdings hatte sich an den Mast seines Schiffes fesseln lassen und die Ohren seiner Männer mit Wachs verstopft, damit sie nicht durch den Gesang der Sirenen verführt wurden.«
»Odysseus?«, wiederholte sie verwundert.
»Ja.« Er ging ein frisches Bier holen. Sollte sie doch selbst dahinterkommen, wenn sie schlau genug war.
Zum Essen entfachte Mython das Feuer erneut mit knochentrockenem Treibholz, das er zwischen den Felsen an der Küste gesammelt hatte. Das Salz ließ die Flammen gelblich zucken; nur ab und zu leuchteten sie grün oder bläulich, wenn Kupfernägel aus dem Holz ragten oder Holzkohle in der Hitze zerbarst.
Natürlich schaltete Van sein Transistorradio ein, und die Musik von Radio Good Hope mischte sich harmonisch in das Rauschen des Meeres.
Nach dem Essen wurde getanzt. Tony hatte eine Zeltplane auf die Steinterrasse gelegt, die vom Meer ausgewaschen war. Da auf die drei Mädchen fünf Männer kamen, hielten sich Pascoe und Mython abseits. Mython hockte ein Stück vom Feuer entfernt, stach in seiner dunklen Kleidung kaum von den Schatten ab, und sein rundes Gesicht wirkte im Widerschien des Feuers wie ein runder Ballon, der in der Luft schwebte.
Wieder empfand Pascoe für ihn so etwas wie Freundschaft. Mitten in dieser Party und mitten im Leben waren sie beide allein, isoliert von den Frauen, Mython trotz all seiner Vorzüge aufgrund seiner Hässlichkeit, Pascoe wegen

der bitteren Erfahrungen der Vergangenheit, die er weder vergessen noch verzeihen konnte.

Gleichgültig sahen sie den Tanzenden zu und verspürten nicht das geringste Verlangen, sich zu beteiligen. Lex tanzte viel mit Yolande. Sein Gesicht wirkte alt und angestrengt im weißlichen Licht der Lampe. Vielleicht kam das jungenhafte Aussehen wirklich nur von den kornblumenblauen Augen. Pascoe hatte den Eindruck, dass er Yolande unnötig dicht an sich drückte und die rechte Hand unter ihren Pullover geschoben hatte, wo sie vermutlich auf der bloßen Haut ihres Rückens lag. Beim Tanzen redete er leise und eindringlich auf sie ein. Seine Lippen berührten dabei fast ihre Wange. Die beiden erinnerten an einen alten Satyr und ein junges Meermädchen. Verächtlich zog Pascoe die Mundwinkel hinab und überlegte, wer von den beiden der Harmlosere sei.

»Wollen Sie nicht tanzen, Steve?« Isobel stand neben ihm.

»Eigentlich nicht«, antwortete er und lächelte, um seine Worte nicht so hart klingen zu lassen.

»Das ist ungalant von Ihnen«, tadelte sie ihn und nahm seinen Arm. »Kommen Sie, es wird Ihnen guttun.«

Sie war für ihn eine angenehme Tänzerin, aber mehr auch nicht. Leicht und entspannt schwebte sie in seinem Arm, machte aber nicht den Versuch, wie viele andere Frauen, sich an ihn zu drängen. Außerdem ging von ihr nichts von jener fast unerträglichen Erregung aus, die er bei Yasmine immer gespürt hatte.

Sie legte den Kopf in den Nacken, um ihn ansehen zu können. »Das Braaivleis hier heute Abend auf Witkop war eine sehr gute Idee.«

»Ich bin froh, dass es Ihnen gefällt.«

»Ihr vier Männer seid wirklich interessant, so ganz anders.«

»Inwiefern?«

»Anders als die Männer, mit denen ich in der Werbung zu tun habe, die geschniegelten Direktoren und Emporkömmlinge. Und es unterscheidet sich auch noch jeder vom anderen.«

»Wir sind nichts weiter als vier Individualisten, die zufällig gemeinsam tauchen«, antwortete er. »Es gibt einfachere Methoden, seinen Lebensunterhalt zu verdienen.«

Sie gelangten an den Rand der Zeltbahn. Er drehte sich herum, und das Licht der Lampe fiel ihr jetzt ins Gesicht. Sie machte ganz allgemein einen sanften, gefügigen Eindruck, aber ihre dichten Augenbrauen bildeten fast eine gerade Linie, und der klare, offene Blick ihrer Augen verriet innere Kraft. Ihre Lippen waren hübsch gewölbt.

»Sie mögen Frauen nicht, wie?«

Er blickte über ihren Kopf hinweg. »Soll das eine Feststellung oder eine Frage sein?«

»Ich bin ein bisschen neugierig«, gestand sie. »Vielleicht habe ich auch nur laut gedacht.«

»Ich bin nicht in Übung«, sagte er. »In den letzten paar Jahren hatte ich nicht viel mit Frauen zu tun.«

»Freiwillig?«

»Das könnte man wohl sagen. Allerdings führt mich meine Arbeit auch oft in entlegene Gegenden, wo es kaum Frauen gibt.«

»Und deshalb halten Sie sich von ihnen fern und spielen den Überlegenen - wie heute Abend?«

»Reden wir lieber über Sie«, sagte er. »Sie sind Graphikerin?«

»Aber ich tu's nur fürs Geld, Steve. Innerlich neige ich mehr zu den schönen Künsten.«

»Porträts wie Yolande?«

»Zum Teil, meistens jedoch Studien von Menschen, gelegentlich mal eine Landschaft. Ich mag die Menschen.«

»Das ist wahrscheinlich die richtige Einstellung«, bemerkte er. »Anscheinend haben wir überall mit ihnen zu tun.«

Es war angenehm, mit ihr zu plaudern. Sie war direkt und aufrichtig. Es tat ihm leid, als der Tanz zu Ende war.

Er verzichtete darauf, eines der beiden anderen Mädchen aufzufordern. Gegen Mitternacht blieben Lex und seine Partnerin vor ihm stehen.

»Steve, ich überlasse Ihnen Yolande nur sehr ungern. Danach sollten wir lieber Schluss machen. Sie und Ihre Leute brauchen Schlaf.«

»Danke, Lex.« Pascoe war gerührt, dass der andere daran dachte.

Yolande schmollte. »Sie gehen mir aus dem Weg.«

»Möchten Sie gern tanzen?«

»Jedenfalls nicht, wenn Sie nicht mögen.«

Er nahm sie in die Arme.

Sie kuschelte sich sofort an ihn. Er hielt unwillkürlich den Atem an. Es war genau wie bei Yasmine. Dasselbe Gefühl, dieselbe Erregung. Er stählte sich innerlich gegen die scheinbar unbeabsichtigten Berührungen ihres Körpers.

»Was ist los, Steve?« Sie drückte ihre Wange an seine Brust. Ihre Stimme klang gedämpft. Er spürte den Duft ihres Haars.

»Komme ich Ihnen zu nahe?«

»Ich habe mich ja nicht beklagt«, sagte er.

»Sie haben Angst vor mir, nicht wahr? Sie haben Angst davor, sich in mich zu verlieben. Warum eigentlich, Steve?«

Diesmal sah sie zu ihm empor. Ihr Mund war wie eine frische Wunde in ihrem hübschen Gesicht. Er hätte sie gern geküsst und unter seinen Fingern ihre warme, lebendige Haut gespürt.

»Nehmen Sie sich zusammen«, sagte er. »Ich bin kein Lex Pickard, den Sie um den kleinen Finger wickeln können.«

»Lex!« Das klang verächtlich, und ihr Körper versteifte sich ein wenig. »Er ist nichts weiter als ein alter Bock. Ich kann doch nichts dafür, wenn er sich in mich vergafft hat. Oder?«

»Sie könnten versuchen, etwas verständnisvoller zu sein. Er ist wahrscheinlich ein sehr sensibler Mensch.«

»Sie kennen ihn ja nicht.«

»Aber Sie scheinen ihn zu kennen«, bemerkte er stirnrunzelnd.

»Ich kenne ihn nur insofern, als ich weiß, dass man ihm nicht sehr weit trauen kann.«

»Ich habe doch gesehen, wie Sie miteinander tanzten. Sie haben sich nicht gerade ablehnend verhalten.«

»So haben Sie uns also beobachtet?« Mit einem seltsam flehenden Blick schüttelte sie ein wenig den Kopf. »Ach, Steve«, flüsterte sie, »seien Sie doch nett zu mir.«

»Was ist denn nun wieder los?« Den Spott und die Ironie konnte er ertragen, aber diese Stimmung bei ihr machte ihn argwöhnisch.

»Es ist nur einfach... Seit ich Desmond Mercer kennengelernt habe, scheint mir alles schiefzugehen. Ich kann nicht einmal mehr malen.«

»Das böse Gewissen?« Er hatte nicht die Absicht, sich einwickeln zu lassen.

»Wahrscheinlich. Ich muss immer an die arme Frau denken.«

»An Mrs. Mercer? Fangen Sie da nicht ein bisschen spät an, sich Gedanken zu machen?«

»Warum müssen Sie immer so hart sein? Sehen Sie denn nicht, dass ich mich schäme? Dass mir leidtut, was geschehen ist? Dass ich mich wirklich bemühe, die Sache wieder gutzumachen?«

»Und wodurch?« Er stellte sich absichtlich begriffsstutzig.

»Das wissen Sie genauso gut wie ich.«

Er lachte hart. »Wieder diese verdammte Seekiste.«

»Sie liegt mir sehr am Herzen«, flüsterte sie und zog sich von ihm zurück. Ihre Stimme klang, als sei sie den Tränen nahe.

Dann war die Party vorüber. Van und Tony setzten die Gäste über und begleiteten die Mädchen wahrscheinlich noch bis zum Wohnwagen. Lex fuhr mit seinem leichten Motorrad die drei Kilometer zur Farm zurück. Mython war verschwunden. Er experimentierte schon eine ganze Weile mit Nachtangeln und Krebsreusen und war bestimmt weggegangen, um diese zu überprüfen.

Pascoe blieb allein zurück und begann aufzuräumen. Seine Gedanken zogen zwischen der Party und dem Mordversuch hin und her. Er war ganz sicher, dass irgendeiner der Anwesenden versucht hatte, ihn umzubringen oder ihn zumindest auf drastische Weise zu warnen: Das kann dir passieren, wenn du mit den Bergungsarbeiten so weitermachst. Irgendjemand - es konnte nur Lex Pickard oder eines der Mädchen gewesen sein - wollte ihn auf diese Weise von einer genaueren Untersuchung des Wracks abhalten.

Er ging wieder in die Hütte und nahm die Petroleumlampe mit. Drinnen . roch es gar nicht unangenehm ein wenig nach Guano, als seien früher hier die Säcke gelagert worden. Witkop war einmal eine von der Regierung verwaltete Guano-Insel, doch Anfang der dreißiger Jahre hatten die gewaltigen Vogelschwärme sie aus unerfindlichen Gründen plötzlich verlassen und waren nie wiedergekehrt. Gelegentlich schickte Lex Pickard einen seiner farbigen Arbeiter herüber, damit er ein paar Säcke Guano zusammenkratzte, aber das Ergebnis war kaum der Mühe wert.

Pascoe setzte sich auf eine der Pritschen und griff nach einem Magazin. Er suchte sich auf einen bestimmten Artikel zu konzentrieren, aber es gingen ihm zu viele andere Dinge durch den Kopf: das Wrack und das Geheimnis, das es umgab. Bei allen anderen Fehlern war Mercer ein erfahrener Seemann gewesen, und es erschien Pascoe unglaublich, dass er ein Schiff unter solchen Umständen eingebüßt haben sollte.

Dann war die Sache mit Yolande Olivier. Sie schien eine recht energische junge Dame zu sein. Anfangs hatte sie versucht, die Publicity von Desmond Mercer auszunutzen und dadurch ihre Ausstellung zu fördern. Vielleicht war das ganz natürlich, aber es bewies dennoch, dass sie einen guten Blick für sich bietende Chancen hatte. Nun schien die Reue sie gepackt zu haben. Es ging ihr hauptsächlich darum, dass Mercers Witwe kein weiteres Leid dadurch geschah, dass sie Beweise der Untreue ihres verstorbenen Mannes erhielt. Die Worte verschwammen Pascoe vor den Augen.

Er rutschte auf der Pritsche unruhig hin und her. Die rostigen Federn quietschten protestierend. Ein Wind kam auf. Er pfiff durch die Fugen zwischen den Eisenbahnschwellen dicht unter dem Dach. In der Hütte fauchte die Lampe, und draußen klatschten ruhelos die Wellen an Land.

Er musste sich selbst eingestehen, dass ihn der Gedanke am meisten störte, eventuell die Überreste von Mercers Leiche in der versandeten Kabine unter dem Ruderhaus des Wracks zu finden. In diesem Falle hatte er die unangenehme Pflicht, sie zu bergen und der Polizei zu übergeben. Das war der Hauptgrund dafür, weshalb er die Kabine nicht freiräumen, sondern sich mit der Bergung der Maschine und noch brauchbarer Ausrüstungsgegenstände begnügen wollte. Aber jetzt hatte Yolande Olivier sein Interesse an der Seekiste wachgerufen, und er wusste, dass er entgegen besserer Überzeugung doch etwas in dieser Richtung unternehmen würde.

Pascoe setzte sich mit einem Ruck auf und legte lauschend den Kopf zur Seite. Draußen bewegte sich jemand. Da er den Außenborder des Dinghis nicht gehört hatte, musste es wohl Mython sein. Er sah zur offenen Tür hinüber und erwartete, dort gleich Mythons vertraute Umrisse zu sehen. Dann spürte er plötzlich, wie sich die Haare in seinem Nacken aufstellten. Er fuhr herum, weil er das Gefühl hatte, beobachtet zu werden.

Im Hintergrund der Hütte befand sich ein kleines, vergittertes Fenster. Aus diesem Fenster starrte ihn ein Gesicht an. Pascoe war für einen Augenblick wie gelähmt vor Schrecken. Es war das Gesicht eines Toten, eines Ertrunkenen. Er musste unwillkürlich an Mercer denken, aber es war keinerlei Ähnlichkeit vorhanden. Das schwarze Haar war straff zurückgekämmt, das Gesicht wirkte im matten Schein gelblich, die Wangen eingefallen, die Augen eingesunken, zu schmalen Schlitzen geworden, die Lippen von den schadhaften Zähnen zurückgezogen.

Die Drahtmatratze knackte, als Pascoe aufsprang. Er glaubte nicht an übernatürliche Erscheinungen. Sicher wollte ihm Tony Spencer einen Streich spielen.

Pascoe rannte zur offenen Tür und nahm unterwegs für alle Fälle ein Küchenmesser mit. Rasch und lautlos schlich er zur Rückseite der Hütte. Durch das Fenster fiel der Lampenschein heraus. Er beleuchtete die senkrecht aufsteigende Felswand, in deren Schutz die Hütte errichtet worden war. Davor dehnte sich eine hellerleuchtete, etwa vier Meter breite freie Fläche.

Hier war niemand.

An diesem Punkt war die fast zehn Meter hoch aufragende Steilwand nicht zu erklettern. Pascoe sah hinauf ins Sternengefunkel, aber er entdeckte nichts. Er holte tief Luft und hatte das Gefühl, in der kühlen, frischen Brise etwas vom Geruch des Todes zu spüren.

Fünftes Kapitel

Als Pascoes Leute in dieser Nacht zurückkehrten, sagte er ihnen nichts von dem Gesicht am Fenster, so erschreckend und geheimnisvoll diese Erscheinung auch war. Wenn einer von ihnen ihm einen Streich gespielt hatte - und dem Lausejungen Tony war das durchaus zuzutrauen - , würde er früh genug dahinterkommen. Bis dahin wollte er die Sache für sich behalten, weil es sich ja eventuell um einen weiteren Versuch handeln konnte, ihn von Witkop zu verscheuchen. Ein Mann wie Mython, der zwar keinerlei physische Gefahr fürchtete, konnte durch eine solche Erscheinung immerhin so weit eingeschüchtert werden, dass er vielleicht genau in dem Augenblick aufhörte, wo seine Geschicklichkeit und seine Kraft am dringendsten benötigt wurden.

Am nächsten Morgen begann Pascoe die Steilklippe von der flacheren Seite her noch vor dem Frühstück zu erklimmen. Schon nach wenigen Metern bog er nach links ab und folgte einem Felsband, das ihn zu einem übersichtlichen Punkt oberhalb der Hütte führte. Zu der von den Wellen ausgewaschenen Plattform zehn Meter tiefer fiel der Fels senkrecht ab. Der Wind hatte sich wieder gelegt, und aus dem Schornstein trieb der Rauch auf ihn zu. Er musste dabei an den Tanz mit Yolande Olivier denken und an ihren warmen, lebendigen Körper, der sich im Dunkeln an ihn gedrängt hatte.

Und was hat das alles mit dem Gesicht im Fenster zu tun? fragte er sich grimmig. Er war sicher, dass es das Gesicht eines Toten war, aber ebenso sicher wusste er, dass nichts Übernatürliches an dieser Geschichte sein konnte. Eine ganze Weile stand er da, überlegte und sah zur Hütte hinunter. Es war ein guter Aussichtspunkt. Er sah von hier aus die Asche des Feuers, auf dem sie den Hammel gebraten hatten, das Rechteck der Zeltbahn, die der Wind an einer Ecke umgeklappt hatte, das schwarze Dach der Hütte, den blankgeschrubbten Holztisch daneben, über dem die Lampe gehangen hatte...

Da kam ihm ein Gedanke: Hatte gestern Abend vielleicht irgendjemand - ein Fremder - hier oben gehockt und sie beobachtet?

An diesem Morgen dehnte sich das Meer wie eine blaue Decke vor ihm aus. Eine leichte Brise streichelte die Wasserfläche, ließ sie dunkler erscheinen und huschte leichtfüßig den Strand hinauf. Er sah die gelben Kobras des kräftigen Tangs aus der Tiefe schwankend emporragen. Dieser Vergleich mit der Schlange mochte etwas übertrieben sein, aber das kräftige Unkraut war auch dann noch gefährlich genug, wenn sich niemand an seinem Luftschlauch zu schaffen machte. Stirnrunzelnd wandte er sich ab.

Er kletterte noch höher hinauf und näherte sich im Zickzack dem Gipfel. Dabei suchte er aufmerksam den Boden ab, ohne eigentlich recht zu wissen, was er sich davon erhoffte. Einmal blieb er stehen, um einen gesplitterten Fahnenmast zu untersuchen. In früheren Jahren, als noch die Guano-Mannschaften sich jeweils fast einen Monat auf der Insel aufhielten, waren von hier aus wohl Signale gegeben worden. Seltsamerweise war der Maststumpf das einzige Anzeichen für die Anwesenheit von Menschen in der Nähe des Gipfels. Sonst fand er nichts, weder eine leere Flasche noch einen alten Schuh.

Und doch mussten Jahr für Jahr zahlreiche Männer über diese Klippe gelaufen sein, um die dicke Schicht des Vogelmists vom Felsen zu kratzen. Er konnte sich leicht vorstellen, wie tätowierte Matrosen der alten Guano-Schoner mit den Mannschaften rivalisierender Schiffe um den weißlichen Mist kämpften, der da, wo früher nur eine Kartoffel gedieh, drei wachsen ließ. In einigen Spalten war noch, wie Schnee nach der Schmelze, ein Rest Guano zurückgeblieben, der aber verwittert war und nicht mehr stank. Nur ein kaum wahrnehmbarer Ammoniakgeruch hing noch in der salzigen Seeluft.

Das Gesicht, das er im Fenster gesehen hatte, verfolgte ihn auch jetzt am Tage noch. Dem arglosen Verhalten von Van und Tony war anzumerken, dass keiner von ihnen etwas damit zu tun hatte. Ein Produkt der eigenen Einbildung konnte es auch nicht gewesen sein, weil er kaum etwas getrunken hatte. Er erinnerte sich an alles ganz genau: an das leise, schlurfende Geräusch, das er für Mythons Schritte gehalten hatte, an das gelbe Gesicht mit den eingefallenen Backen und den tiefliegenden Augen, an den Geruch, der hinter der Hütte in der Luft gehangen hatte, den säuerlichen Geruch, der ihn an ein Grab, an den Tod erinnerte.

Pascoe glaubte nicht an Gespenster. Es wäre zu einfach, das Erscheinen eines Toten übernatürlichen Kräften in die Schuhe zu schieben. Er war überzeugt, dass es eine vernünftige Erklärung dafür geben musste.

Auch für die anderen Geheimnisse der Insel Witkop musste es eine vernünftige Erklärung geben: zum Beispiel für den Untergang des Schiffes oder das Verschwinden der Meeresvögel - der Millionen von Duikers und Möwen -, die einst Witkop Jahr für Jahr, Jahrhundert für Jahrhundert mit ihrem Mist bedeckt hatten, bis dann irgendein Ereignis sie für immer verscheuchte.

Aber was hatte dieses Phänomen mit dem gelben Gesicht im Fenster zu tun?

Was die Vögel betraf, so behaupteten die farbigen Fischer immer noch, dass sie eines Tages zurückkehren würden - auf ebenso geheimnisvolle Art und Weise, wie sie verschwunden waren.

Tief in Gedanken versunken kehrte Pascoe zur Hütte zurück.

Die Unterhaltung beim Frühstück drehte sich natürlich um den gestrigen Abend. Van und Tony waren ganz begeistert, und selbst Mython musste eingestehen, dass es ihm Spaß gemacht hatte.

»Dir nicht, Skipper?«, fragte Van leise, die braune Stirn in tiefe Falten gelegt.

»Es war eine nette Abwechslung«, sagte Pascoe. »Aber jeden Abend möchte ich so etwas nicht mitmachen.«

»Was hältst du eigentlich von Yolande Olivier?«

»Von der dunklen?« Pascoe fiel auf, dass er sich fast schon gewohnheitsmäßig dumm stellte. »Sie sieht ganz nett aus...«

»Sie ist eine echte Schönheit«, unterbrach ihn Tony. »Nimm dich in acht, Skipper.«

»Ich hatte den Eindruck«, sagte Pascoe, »dass sie und Lex Pickard so miteinander stehen.« Er hob die Hände und verschränkte die Finger.

Tony schüttelte seinen blonden Schopf. »Da ist nichts dran. Sie sind nur alte Freunde.«

»Wie alt, Tony?« Um zu zeigen, wie wenig ihn das Thema interessierte, steckte Pascoe die Nase in seine Kaffeetasse.

»Sie kennen sich schon seit Jahren, Skipper. Wenn ich mich nicht täusche, kam Yolande schon als Schulmädchen zum Reiten heraus nach *Duinfontein*.«

Und schon damals hat sich dieses arme Schwein Pickard in sie verliebt, dachte Pascoe.

Der Tag war wie geschaffen zum Tauchen, die See war spiegelglatt und das Wasser noch klarer als sonst.

Pascoe tauchte als erster mit seinem Gewicht durch den Tanggürtel. Ihm folgte Mython, und das Wasser wirkte fast wie ein Vergrößerungsglas: seine dunkle, nassglänzende Gestalt schien in grotesker Weise aufgeblasen zu sein. Er suchte sich geschickt seinen Weg durch den Dschungel von schwankenden Tangarmen und sah immer wieder zurück zu seinem Luftschlauch. In dieser Tiefe hätte die Szene aus einem Farbfilm stammen können: Das Wasser strahlte blaugrün, die durchschimmernden Röhren des Tangs waren vom Sonnenlicht golden gerändert, die Luftblasen stiegen als silberner Strom auf. In einer roten Kurve führte der Luftschlauch zum dunklen Schiffsrumpf nach oben.

Unten in der dunklen Tiefe lag der Trawler mit geborstenem Rumpf auf der Seite. Die Balken hoben sich schwarz vom Sand ab. Pascoe befestigte das Tau mit dem Gewicht. Später konnte er an diesem Seil kleinere Stücke der Ausrüstung hinaufhieven lassen.

Mit Mython war alles genau besprochen worden. Er stieg mit den Füßen zuerst durch die Öffnung, hockte sich zwischen die Spanten und nahm einen Schraubenschlüssel vom Gürtel. Seine Aufgabe war es, den Getriebekasten und die Kurbelwelle abzuschrauben. In seiner Nähe bewegte sich etwas und huschte hinter der Maschine vorbei. Es war ein riesiger Panzerkrebs mit schwankenden Antennen. Pascoe griff danach, aber da wurde ihm plötzlich schlecht bei dem Gedanken, wovon dieser Krebs sich wahrscheinlich ernährt hatte. Er musste vernehmlich schlucken und hatte einen faden Geschmack auf der Zunge.

Er griff nach dem mitgebrachten Werkzeug und begann die Bolzen zu lockern, mit denen die Maschine befestigt war. Der erste, von Öl durchtränkte Bolzen ließ sich leicht entfernen. Er schraubte die Mutter wieder darauf und warf ihn in einen Leinensack. Der nächste Bolzen bereitete ihm mehr Kummer. Er war so ungünstig gelegen, dass man nicht viel Kraft anwenden konnte. Mython hätte auch nicht mehr ausgerichtet.

Mit Hammer und Stemmeisen bearbeitete Pascoe den Kopf des Bolzens. Er brauchte dazu über eine halbe Stunde. Mython hatte unterdessen die Kurbelwelle entfernt und hockte neben dem Heck außerhalb des Schiffsrumpfes; geschickt schraubte er die bronzene Schiffsschraube ab.

Als ihre Zeit herum war, begannen sie mit dem Aufstieg. In den vorgeschriebenen Tiefen legten sie wie immer die nötigen Pausen zum Druckausgleich ein. Bei diesen erzwungenen Aufenthalten beschäftigte sich Pascoe erneut mit seinen Sorgen. Er sah wieder das Gesicht aus dem Fenster vor sich. Was hatte es zu bedeuten? Insgeheim war er davon überzeugt, dass dieses Gesicht etwas mit dem Geheimnis des Wracks und dem gestrigen Mordversuch zu tun hatte. Dann handelte es sich also in beiden Fällen um Warnungen? Setzte er leichtfertig das Leben seiner Männer aufs Spiel, indem er ihnen diese Vorfälle verschwieg?

Als Pascoe sich wieder an Bord der *Seevarkie* befand und Van und Tony instruierte, war er versucht, ihnen alles zu erzählen. Doch die Zweifel, die ihn beim Aufstieg bedrückt hatten, verloren hier oben im hellen Sonnenschein viel von ihrem Ernst. Nach kurzem Zögern beschloss er, den Mund zu halten.

Die Wasserfläche schloss sich über den Köpfen der beiden Männer, und lustig begannen die Luftbläschen emporzusteigen. Pascoe beugte sich über die Reling und sah die beiden dunkel gekleideten Gestalten in der Tiefe verschwinden. Sie waren erfahrene Taucher, die hier in einer Tiefe von kaum fünfundvierzig Metern zu arbeiten hatten. Außerdem verfügten sie über einen zusätzlichen Notvorrat an Luft. Es bestand absolut kein Anlass, sich Sorgen zu machen.

Es gab keinerlei Grund zu Besorgnis!

Der Takt des Kompressors schien ihm diese Worte einzuhämmern, und sie drehten sich wie ein Karussell in seinem Kopf. Er stellte sich vor, wie die beiden dunklen Gestalten auf dem Meeresgrund gegen die hartnäckigen Bolzen ankämpften. Wenn der Mensch sich in ein feindliches Element wagt, besteht immer eine gewisse Gefahr. Das Meer ist ihm feindlich gesonnen, und für Van und Tony existierten genügend natürliche Gefahren auf dem Meeresgrund, auch wenn sie sich nicht mit einem unbekannten Gegner zu beschäftigen hatten, der ihnen den Luftschlauch abknickte und ihnen nach Mitternacht einen Ertrunkenen auf den Hals hetzten, der Todesgestank um sich verbreitete.

Eine Stunde verstrich und dann noch eine. Mython spuckte auf seine Augengläser und spülte die Gesichtsmaske mit Salzwasser aus, damit die Gläser nachher nicht beschlugen. Er bereitete sich auf den Abstieg vor. Automatisch folgte Pascoe seinem Beispiel.

Van und Tony tauchten auf und reckten grinsend die Daumen nach oben.

»Die Maschine liegt frei«, rief Van. »Wir haben alles abgeschraubt, sogar die Treibstoffleitungen.«

»Gute Arbeit«, lobte Pascoe. Er horchte zum Kompressor hinüber. Der Rhythmus klang völlig normal. Die Fliehkraft schien seine Worte und seine Zweifel in den leeren Raum hinausgeschleudert zu haben. Er grinste die beiden an. »Worauf warten wir noch?«, fragte er.

Diesmal tauchten er und Mython hinab und nahmen das Seil mit dem Bleigewicht mit, außerdem den Haken der Winde, ein paar Taue und einen Flaschenzug. Sie brauchten nicht lange dazu, die Taue an der Maschine zu befestigen und den Haken einzuhängen. Dann befestigten sie noch die zusätzliche Leine am Motorblock und gaben das Zeichen zum Hochhieven. Eine Drahtschlinge legte sich eng um den Motor, bis die Männer oben an Deck das andere Ende an einer Stütze festgemacht hatten. Nun lief das Tau von dieser Stütze an der Backbordseite der *Seevarkie* zu dem Flaschenzug am Motor und wieder zurück zur Handwinde auf der Steuerbordseite. Allmählich strafften sich die Taue, die Seilschlingen hielten, die Maschine begann sich zu bewegen. Oben hatten die beiden Männer mit der Arbeit an der Winde begonnen.

Pascoe und Mython duckten sich in den engen Raum beiderseits der Maschine und bugsierten sich an Hindernissen vorbei. Das war der gefährlichste Teil der Arbeit. Die schwere Maschine hing an den Tauen und konnte plötzlich zur Seite hin ausbrechen. In diesem Fall hätte sie einen von ihnen an den Spanten plattgedrückt.

Als einziges Geräusch war das Zischen der Luft in den Atemschläuchen zu hören. Lautlos stiegen die Blasen auf, vermischten sich mit dunklen Ölblasen, die jetzt aus den abgeschraubten Treibstoffleitungen aufstiegen. Es war kaum etwas zu sehen. Pascoe erkannte gerade noch den blassen Fleck von Mythons Gesicht hinter der Atemmaske, aber das war auch schon alles.

Wieder bewegte sich die Maschine ein Stück und neigte sich auf die Seite. Ruckweise, Zoll um Zoll, hob sie sich empor. Dann schwenkte sie plötzlich in Pascoes Richtung. Er stemmte die Schultern gegen die Spanten und hielt dem fast unmenschlichen Gewicht stand. Glücklicherweise bewegte sich das gewaltige Gewicht nur ganz allmählich. So gelang es den beiden Männern, die Maschine durch die Öffnung hinauszubugsieren. Im gleichen Augenblick pendelte sie von ihnen weg und verschwand im dunklen Wasser.

Sie duckten sich und warteten darauf, ob die Maschine nicht zurückkehren und wie ein Rammbock gegen den Schiffsrumpf krachen würde. Aber sie pendelte nur gefahrlos über ihren Köpfen hin und her. Der Wasserwiderstand dämpfte ihre Bewegungen, bis sie nur noch als totes Gewicht vom Haken des Flaschenzugs hinabhing.

Pascoe und Mython folgten ihr dann nach oben. Da sie nur knapp eine halbe Stunde hier unten gewesen waren, erforderte der Druckausgleich diesmal nicht so viel Zeit. Aus einer Tiefe von drei Metern sahen sie, dass die Maschine sicher unter dem Kiel hing. Aber noch etwas anderes sah Pascoe und musste in Gedanken fluchen: Braungebrannte Glieder tauchten auf, rote, gelbe und grüne Bikinis.

Die Mädchen waren gekommen.

Pascoe klammerte sich an die Leiter am Heck der *Seevarkie*, spuckte sein Mundstück aus und schob sich die Maske vom Gesicht auf den Kopf hinauf. Er sah, dass seine Hände glitschig und schwarz vom Maschinenöl waren. Ein guter Teil der Freude darüber, dass er die Maschine sicher bis dicht unter die Wasseroberfläche gebracht hatte, verflüchtigte sich wieder. Van erschien im Heck, bereit, ihm an Bord zu helfen. Sein bloßer Oberkörper glänzte vor Schweiß. Er grinste Pascoe an.

»Wir haben sie, Skipper.«

Pascoe zog sich an Bord und griff nach dem Reißverschluss seines Taucheranzugs.

»Bis jetzt ist alles gut gelaufen, Van. Das muss eine verdammt harte Arbeit an der Winde gewesen sein.«

»Wir hätten Mython brauchen können.«

»Das kann ich mir vorstellen, aber ich brauchte ihn unten. Die Maschine schwang wie ein Pendel hin und her, als sie frei war.«

»Und jetzt?«

»Hängt sie genau in der Mitte. Vorn liegen wir ein paar Zoll tiefer im Wasser, aber das macht nichts aus.« Er deutete mit dem Daumen auf die Mädchen im Wasser. »Wie ich sehe, haben wir Besuch.«

»Ja, die kamen herausgeschwommen, als wir mit der Winde anfingen. Ich habe ihnen gesagt, sie sollen Abstand halten, bis du mit Mython wieder an Bord bist.«

»Richtig, nur so kann man mit denen umspringen«, sagte Pascoe.

»Du hast doch hoffentlich nichts dagegen?« Das klang besorgt.

»Eigentlich nicht, nur alles zu seiner Zeit und am richtigen Ort.« Yolande rief ihm etwas zu. Er überhörte es. »Wenn wir die Maschine nicht vor Einbruch der Dunkelheit an Land haben, kriegen wir Ärger.«

»Lex muss jeden Augenblick mit dem Traktor hier sein.«

»Steve«, rief Yolande noch einmal. »Wir sind runtergeschwommen und haben uns die Maschine angesehen. Sie ist furchtbar groß.«

»Und schwer«, sagte er. »Halten Sie Abstand.«

Sie trat Wasser, und ihr langes, dunkles Haar war wieder genau in der Mitte gescheitelt. Ihr Busen in dem scharlachroten Bikinioberteil schien dicht unter ihrem Kinn zu schweben.

»Wollen Sie uns nicht einladen, an Bord zu kommen, Steve?«

»Achtern ist eine Leiter«, sagte er und deutete mit dem Kopf in die Richtung. »Hallo!« Er grüßte Isobel und Sally mit einer lässigen Handbewegung.

»Hi, Steve.« Sie lächelten ihn beide an. »Hoffentlich stören wir nicht«, fügte Isobel hinzu.

»Ganz und gar nicht, Isobel. Ich glaube, wir haben uns zehn Minuten Pause verdient.«

Er quälte sich mit der Jacke des Taucheranzugs ab, als Yolande von hinten auf ihn zutrat. Sie griff nach dem

Schaumgummi des Anzugs an seinen Schultern, und ihre Knöchel berührten dabei seine bloße Haut.

»Ich werde Ihnen helfen, Steve.«

Er drehte sich um, packte ihre Handgelenke und hielt ihr ihre eigenen Finger vor die Nase.

»Aber nicht mit solchen Fingernägeln, mein Kind. Damit reißen Sie mir Löcher hinein.«

»Entschuldigung.« Sie sah ihn schmollend an.

»Schon gut, ich komme auch allein zurecht. Tony macht für uns alle eine Tasse Tee.«

Was bisher ein schwieriges, professionell ausgeführtes Bergungsunternehmen gewesen war, entwickelte sich nun zu einem fröhlichen Abenteuer. Die Mädchen waren begierig zu helfen, und Pascoe konnte nichts dagegen unternehmen. Van und Tony wünschten sich offensichtlich, dass die drei für den Rest des Nachmittags dabeiblieben - und zweifellos auch über Nacht, falls sie dazu bereit waren.

»Da kommt Lex«, sagte Van und goss den Rest seines Tees über Bord. »Es sieht so aus, als ob er auch Balken für einen Schlitten mitgebracht hat.«

Ein orangefarbener Traktor mahlte seinen Weg durch eine Lücke in den Dünen und erschien am Strand. Pascoe griff nach seinem Fernglas, das er gleich innerhalb der Luke hängen hatte, und presste das Okular an die Augen, während er versuchte, das leise Rollen des Schiffes auszugleichen. Die sechzehnfache Vergrößerung holte Lex überraschend nahe heran. Er trug einen Schlapphut aus Leinen, wie man ihn Kindern am Strand aufsetzt, und hatte eine Zigarette im Mundwinkel hängen. Er fuhr den Traktor selbst und ging damit so geschickt um, dass Pascoe, der ihn für einen Herrenfarmer gehalten hatte, überrascht war.

Diese praktische Veranlagung hätte er ihm nicht zugetraut. In seiner Einschätzung von Lex Pickards Charakter sollte er sich überhaupt sehr getäuscht haben.

Pascoe drehte sich zu Mython um.

»Du übernimmst die Sache hier, Mython. Wir anderen gehen an Land und richten das Schleppgestell her. Ich komme so rasch wie möglich zurück.«

Mython nickte. Er saß auf einer Kiste neben dem Kompressor und aß ein Stück Zwieback. Er hatte die Jacke seines Taucheranzugs ausgezogen, trug aber noch die schwarze Gummihose. Sie wirkte bei ihm wie ein Korsett und schob den Bauch nach oben, bis er die Speckfalten seiner Brustmuskeln berührte. So hockte er da wie ein Buddha, aber ohne Lächeln. Auch diesmal machte sich Pascoe Gedanken darüber, was er wohl wirklich denken mochte.

»Klar, Mython?«, fragte er.

»Alles klar.« Sein Mund war so klein, dass man nicht einmal einen Golfball hätte hineinschieben können.

Sie setzten in dem überfüllten Dinghi über zum Strand. Yolande Olivier saß neben Pascoe im Heck, und er fühlte den Druck ihrer Hüfte. Sie alle trugen ihre Badeanzüge und drängten sich dicht aneinander. Tony und Sally knieten im Bug und drehten den anderen den Rücken zu. Tony hatte Sally den Arm um die Taille gelegt, und Pascoe hatte den Eindruck, dass er ziemlich intensiv und handgreiflich mit ihr flirtete.

Pascoe hielt genau auf den geparkten Traktor zu und schaltete erst im letzten Augenblick den Außenborder ab. Er hob die Schraube aus dem Wasser und ließ das Dinghi weit auf den Sandstrand auflaufen. Als die Bugwelle zurückgerollt war, konnten sie aussteigen, ohne nasse Füße zu bekommen.

»Du gibst an, Skipper«, bemerkte Tony.

Pascoe stritt es ab. Die anderen Leute waren ihm furchtbar egal. Es lag ihm nichts daran, einen guten Eindruck zu machen. Oder doch? Darüber dachte er nach, als er auf den Traktor zuging. An seiner Hüfte brannte so etwas wie ein feuriger Fleck.

Lex Pickard hatte nicht nur die Bohlen für den Schlitten mitgebracht, sondern auch das Zusammensetzen überwacht.

»Hoffentlich ist er groß genug, Steve«, sagte er zögernd. »Ich hatte ja keine Ahnung, welches Format die Maschine hat.«

»Er könnte nicht besser sein, Lex. Wirklich verdammt nett von Ihnen, dass Sie sich diese Mühe machen.«

»Ach, mir macht das Spaß, es ist ein richtiges Abenteuer für mich. Auf Rollen habe ich absichtlich verzichtet, weil ich mir dachte, dass Sie bei dem Gewicht der Maschine doch im Sand steckenbleiben.«

»Völlig richtig«, sagte Pascoe.

Der Schlitten bestand aus schweren Bohlen, war am Boden vollkommen geschlossen und an der hochgebogenen Vorderseite mit Blech beschlagen.

»Ich habe hundert Meter Drahtseil auf der Motorwinde«, sagte Lex. »Sollte das nicht genug sein, kann ich mit dem Traktor an einer flachen Stelle ein Stück in die Brandung hinausfahren.«

»Das reicht vollkommen, Lex. Was meinst du, Van?«

»Wir haben's uns ausgerechnet, Skipper. Siebzig Meter vor Land haben wir vier Meter Wassertiefe.«

»Und wir haben einen Tiefgang von nicht ganz drei Metern«, sagte Pascoe. »Sicher ist sicher. Ich werde Anker werfen und rückwärts einlaufen, bis wir etwa drei Faden unter dem Kiel haben. Ihr könntet dann den Schlitten unter die Maschine bugsieren, und Mython lässt ihn mit der Winde hinunter.«

Tony hob den Daumen. »In Ordnung«, sagte er.

»Und ich hole das Drahtseil langsam ein, sobald Sie mir das Zeichen geben, Steve.« Der wohlhabende Farmer lächelte kurz, ordnete sich ebenso bereitwillig unter wie jedes andere Mannschaftsmitglied und zeigte sich sogar noch etwas eifriger.

»Tun Sie das, Lex.« Pascoe wandte sich wieder an seinen Stellvertreter. »Scheint alles glattzulaufen, Van. Kannst du mich wieder zum Boot zurückbringen?«

»Kann ich nicht mitkommen, Steve?« Yolande stand neben ihm. Er sah sie kaum an.

»Wenn Sie wollen«, murmelte er. »Es wird kein Vergnügen werden.«

»Vielleicht kann ich Ihnen helfen.«

»Ja, indem Sie mir nicht im Weg herumstehen.« Er nickte und war mit den Gedanken bereits bei der Arbeit.

Sie lächelte ihn an, ohne gekränkt zu sein. »Können Sie eigentlich noch unliebenswürdiger werden, Steve?«

Für einen kurzen Augenblick schämte er sich ein wenig, aber er unterdrückte das Gefühl sofort.

Die *Seevarkie* mit Pascoe am Ruder verließ ihren Ankerplatz über dem Wrack und lief langsam im Halbkreis auf den Strand zu. Pascoe spürte das Gewicht, das unter dem Kiel hing. Er hatte den Kurs schon zuvor nach verborgenen Hindernissen abgesucht und wusste, dass der Sandstrand ganz allmählich zum Ufer hin anstieg.

Bei drei Faden Tiefe gab er Mython das Zeichen, den Buganker auszuwerfen.

Er klatschte ins Wasser, und die Kette lief rasselnd ab. Pascoe drosselte die Maschine und überließ es der einlaufenden Flut, das Boot herumzudrehen. Es zeigte nun mit dem Heck zum Strand. Er schaltete auf kleine Fahrt rückwärts, während Mython langsam Ankerkette nachgab. Die langen Wellen rollten an ihnen vorbei und hoben und senkten das Schiff.

Er ließ die Maschine im Leerlauf tuckern. Wegen der Brandung wagte er es nicht, noch näher heranzugehen. Schon hier war die See ziemlich rau, aber das zusätzliche Gewicht unter dem Kiel wirkte sich stabilisierend aus.

Er warf Yolande einen Blick zu. »Sie sind doch nicht seekrank?«

Sie brachte ein kleines Lächeln zustande. »Mir ist nur elend.«

»Warum in aller Welt...?«

»Weil Sie so unfreundlich sind, Steve. Gestern Abend haben Sie mich praktisch übersehen.«

»Ich habe doch mit Ihnen getanzt, oder?«

»Einmal.«

»Und einmal mit Isobel. Ich bin kein Frauenheld, Yolande.«

Sie verschränkte die Hände. »Man hat Ihnen sehr übel mitgespielt, nicht wahr?« Die mandelförmigen Augen sahen ihn voll Mitgefühl an.

»Ich bin ein gebranntes Kind«, antwortete er. »Da wird man doppelt vorsichtig.«

Sie beugte sich zu ihm und senkte die Stimme. Mython lehnte an der Winde, beachtete die beiden gar nicht und hielt einen Zigarettenstummel zwischen Zeigefinger und Daumen.

»Erzählen Sie mir davon.«

»Weshalb? Das Kapitel ist abgeschlossen.« Er sah ungeduldig zur Küste hinüber. Isobel und Sally fuhren mit dem Schlauchboot kurz vor den Brechern vor- und rückwärts und warteten offenbar darauf, Van und Tony an Bord zu nehmen, die den Schlitten hinausschleppen sollten.

Lex hatte den Traktor im Rückwärtsgang bis ans Wasser gefahren. Die beiden jüngeren Männer waren mit Atemgeräten ausgerüstet und bemühten sich, den Schlitten durch die Brandung zu schieben.

»Er muss furchtbar schwer sein«, sagte Yolande. »Er schwimmt nicht einmal.«

»Das braucht er auch nicht.«

Es schien, dass der Schlitten ein wenig Auftrieb bekam. Sie mussten also vorsichtig sein. Immer wieder rollten größere Wellen herein. Wenn sie den Schlitten packten und hochhoben, konnten die schweren Bohlen den Männern Arme oder Rippen brechen. Bis jetzt hatten sie Glück gehabt. Aber wie lange darf man sich schon aufs Glück verlassen? Besonders dann, wenn man von einem unbekannten Gegner aufs Korn genommen wird. Wenn die Maschine erst einmal sicher an Land war und wenn sich eine günstige Gelegenheit ergab, wollte Steve seine Leute vorbehaltlos informieren.

Wirklich vorbehaltlos?

Nun, zumindest vorläufig hatte er nicht die Absicht, etwas über Yolandes Interesse am Inhalt der Seekiste zu erzählen. Das war schließlich ein Geheimnis, das nur ihn und sie anging.

»Sie haben die Brecher hinter sich, Steve«, rief Yolande.

»Gut.« Er sah zu, wie Van das Dinghi bestieg und Isobel das Ruder aus der Hand nahm. Tony blieb beim Schlitten und klammerte sich an die Kante der Bohlen. Die Leine des Dinghi spannte sich. Das Aufbrüllen des Motors dröhnte über das Wasser herüber.

Ohne alle Schwierigkeiten wurde die Maschine auf den Schlitten hinabgesenkt. Van und Tony kehrten an die Wasseroberfläche zurück und lächelten zufrieden hinter ihren Masken.

»Alles festgezurrt, Skipper«, sagte Van. »Tony und ich sorgen schon dafür, dass die Kiste sicher ankommt.«

»Danke, Van. Kann ich Lex das Zeichen zum Einholen geben?«

»Ja, ist alles bereit.«

Pascoe stand auf und gab das vereinbarte Signal: Er hob beide Hände über den Kopf und senkte sie dann langsam seitlich bis in Schulterhöhe. Ein blaues Wölkchen entströmte dem Auspuff des Traktors. Das Drahtseil straffte sich, durchschnitt die Wasseroberfläche und bildete eine gerade Linie funkelnder Tröpfchen. Eine Sandwolke im kristallklaren Wasser zeigte, dass sich die Maschine in Bewegung setzte.

Pascoe spürte, wie die Anspannung der letzten Tage allmählich nachließ. Er konnte zufrieden sein. Es war ihnen gelungen, mit improvisiertem Werkzeug und einem Minimum an Ausrüstung eine schwere Schiffsmaschine aus fünfundvierzig Metern Tiefe zu bergen. Sie hatten es den Skeptikern der Tafelbucht bewiesen, die alle erklärt hatten, so etwas sei ausgeschlossen. Selbst wenn sie sonst nichts aus dem Wrack bergen konnten, war das Unternehmen sowohl wirtschaftlich als auch in anderer Hinsicht erfolgreich verlaufen. Niemand war zu Schaden gekommen. Es bestand keine Notwendigkeit mehr, die unbekannten Kräfte, die sich gegen sie verschworen hatten, noch länger in Versuchung zu führen oder das Schicksal herauszufordern. Sie konnten den Anker lichten und das übrige Wrack in Ruhe lassen. Lex würde zweifellos so nett sein, ihnen für den Transport der Maschine bis Kapstadt sein Fahrzeug zu leihen.

»Sie machen plötzlich ein sehr nachdenkliches Gesicht.« Yolande sah ihn unverwandt an und forderte ihn zu einer Entscheidung heraus, die ihm sein Instinkt diktierte.

Später sollte er sich mit tiefem Bedauern an diesen Augenblick der Unentschlossenheit erinnern. Nicht nur der Mordversuch und das immer noch unerklärte Auftauchen eines Gesichts am Fenster, sondern auch sein sechster Sinn, vielleicht eine Art primitive Angst, sagten ihm, dass er sich lieber aus dem Staub machen sollte, solange das Wetter gut war, und dass er keine schlafenden Hunde wecken sollte.

Er zwang sich zu einem Lächeln. »Ich bin sehr zufrieden.«

»Weil Sie haben, was Sie wollten?«

»Die Maschine? Ja.« Er bemerkte die Enttäuschung in ihrem Blick. »Was macht Ihnen denn jetzt schon wieder Kummer?«

Tonlos antwortete sie: »Ich habe so eine furchtbare Ahnung, dass Sie jetzt von dem Wrack ablassen werden.«

Genau das hatte er vor. Zum Teufel damit! Hier ging etwas Seltsames vor, und er hatte keine Lust, sich darin verwickeln zu lassen, Hals und Kragen zu riskieren oder das Leben seiner Mannschaft aufs Spiel zu setzen, nur damit diese Frau ihren inneren Frieden wiederfand. Es hatte ja niemand sie gezwungen, für diese Fotos Modell zu stehen oder diese Briefe zu schreiben. Außerdem war es höchst unwahrscheinlich, dass irgendein Taucher sie jemals ans Tageslicht befördern würde.

Die grauen, mandelförmigen Augen ließen ihn nicht los. Er versuchte, sich den Anflug von Feigheit nicht anmerken zu lassen. »Wer spricht von Aufgeben?«, fragte er in beinahe aufgebrachtem Ton. »Da unten liegt immer noch eine Menge Zeug, das ich haben will.«

Sie warf Mython, der ihnen den Rücken zuwandte, einen nervösen Blick zu und fragte dann leise und bittend: »Auch die Kiste?«

»Warum nicht?«

Diese Worte kamen ihm wie von selbst über die Lippen, weil er tief in seiner Seele den Wunsch verspürte, sie zu trösten. Warum auch nicht? Er war ja schließlich nicht aus Stein, und sie war eine unglaublich anziehende junge Frau, die mit dem glatt gescheitelten Haar so zerbrechlich und hilflos wirkte. Der Bikini passte natürlich nicht zu diesem Eindruck.

»Morgen, Steve?«

»Schon möglich, oder übermorgen.« Er stand auf und winkte Isobel und Sally im Dinghi zu. »Wir gehen jetzt an Land und spielen Empfangskomitee. Kommst du mit, Mython?«

Lex Pickard meinte, man müsste auf die Bergung der Maschine anstoßen. Er lud sie alle auf die Farm ein. Was Steve wohl von einem kleinen Imbiss halte?

»Klingt nicht übel, Lex, aber was mich betrifft, so möchte ich es nicht zu spät werden lassen.«

»Sie können jederzeit gehen, Steve. Soll ich Ihnen einen Wagen schicken?«

Pascoe schüttelte den Kopf. »Das ist nicht nötig. Es schadet uns gar nichts, ein Stück zu marschieren.«

»Sehen wir uns dann um sechs?«

»Vielleicht ein bisschen später, Lex. Wir müssen uns noch waschen und umziehen.«

Das Wohnhaus der Duinfontein-Farm wirkte auf den ersten Blick enttäuschend. Pascoe hatte sich unwillkürlich mächtige weiße Mauern und ein schilfgedecktes Dach vorgestellt, vielleicht auch einen Giebel im Stil der alten holländischen Siedlerhäuser, Gelbholztüren, Butzenscheiben und einen Fliesenboden im Flur. Doch dieses Haus war schlicht aus Ziegeln erbaut und mit einem verrosteten Blechdach versehen. Es stammte aus der Zeit des Burenkriegs. Die gedeckte Veranda war mit hellen, braun-weißen Matten verkleidet und mit leuchtendgelben Rohrstühlen versehen. Sie sah aus wie ein Bild aus einem Frauenmagazin. Das Haus wandte dem Meer die Rückseite zu und blickte nach Nordosten, der Sonnenseite in der südlichen Hemisphäre, wo auch die Lagune lag.

Ein farbiges Hausmädchen in pfirsichgelber Tracht mit weißem Spitzenkragen servierte die Getränke. Für ihre großen, leuchtenden Augen war sicherlich irgendein malaiischer Vorfahre aus Ostindien verantwortlich. Die hohen

Backenknochen stammten von den Hottentotten, die helle, blasse Haut von Europäern.

Pascoe stand am Geländer und sah hinaus auf die Lagune. Ganz niedrig kam ein Schwarm Pelikane herangezogen und trieb die Fische ins seichte Gewässer.

Lex Pickard trat neben ihn.

»Faszinierend, die Vögel zu beobachten, nicht wahr, Steve? Sie erinnern mich immer an Heinkel-Bomber aus dem letzten Krieg. Diese Schwingen...«

»Das klingt fast, als hätten Sie in der Luftwaffe gedient.«

»Stimmt - bis es mich bei Tobruk erwischt hat.«

»Und den Rest des Krieges haben Sie dann im Gefangenenlager zugebracht?«

»Nicht ganz.« Er grinste. »Auf dem Transport von Italien nach Deutschland konnte ich aus dem Viehwaggon entwischen.«

Bei diesen Worten stellte sich Pascoe unwillkürlich eine Gestalt vor, die aus dem fahrenden Zug sprang, während die Wachen hinterher feuerten. Was für ein Risiko!

Konnte man sich überhaupt vorstellen, dass dieser elegante alternde Junggeselle, der fast schon etwas Dekadentes an sich hatte und der sich hier in einer betont feudalen Umgebung bewegte, sein Leben riskierte, um aus einem Gefangenentransport zu entspringen und wieder kämpfen zu können? Natürlich war er heute doppelt so alt wie damals - aber wie sehr kann ein Mensch sich im Grunde seines Wesens verändern?

»Dazu gehören gute Nerven«, bemerkte Pascoe.

»Ich war damals ungefähr in Ihrem Alter, Steve«, erwiderte Lex, als sei damit alles erklärt. Er hob sein Glas mit dem rosa Gin. »Prost, Sie müssen sehr zufrieden mit sich selbst sein. Haben Sie nicht das Wrack hauptsächlich wegen der Maschine gekauft?«

»Sie war für mich das Wichtigste. Ich hab' da einen Schiffsrumpf im Auge, zu dem sie passen könnte. Sehen Sie, Lex, ich brauche nämlich ein größeres Fahrzeug.«

Lex nickte. »Das hat Van mir erzählt. Jetzt, wo Sie die Maschine geborgen haben, wollen Sie wahrscheinlich möglichst rasch damit anfangen. Wenn Sie wollen, kann ich Ihnen morgen einen Lastwagen überlassen.«

»Morgen?«, murmelte Pascoe zweifelnd. »Morgen werden wir wahrscheinlich noch einmal tauchen. Ginge es nächste Woche?«

Lex stieß einen leisen Pfiff aus. »Nächste Woche wird's schwierig. Ich habe nur den einen Lastwagen, und der muss Kies abholen. Wir wollen die Straße zur Farm herrichten.«

»Lassen Sie nur, ich werde schon irgendetwas arrangieren. Wir haben Ihnen ohnehin schon zu viel Mühe gemacht, Lex.«

»Unsinn, ich hab' doch kaum etwas getan.« Er sah Pascoe nachdenklich an. »Es geht mich zwar nichts an, Steve«, fuhr er zögernd fort, »aber fordern Sie nicht ein wenig das Glück heraus?«

»Inwiefern?« Pascoe stellte sich sofort auf Abwehr ein.

Lex senkte die Stimme. »Sie wissen genau, was ich meine, Steve.« Die kornblumenblauen Augen bekamen einen sorgenvollen Ausdruck. »Ihr habt doch jedes Mal euer Leben eingesetzt, wenn ihr in diesen Dschungel aus Tang hinabgetaucht seid.« Er warf einen Blick zurück ins Zimmer. »Sehen Sie sich nur den jungen Tony an.«

Tony und Sally saßen nebeneinander auf dem geflochtenen Sofa, steckten die Köpfe zusammen, bis sie sich fast berührten, und hatten offenbar alles ringsum vergessen.

»Was ist mit Tony?« fragte Pascoe stirnrunzelnd.

»Sehen Sie das nicht selbst, Steve? Die beiden haben sich ineinander verliebt. Wie wäre Ihnen zumute, wenn Sie morgen Nachmittag Sally mitteilen müssten, dass es einen Unfall gegeben hat? Daß Tony umkommen musste, weil Sie auch noch den letzten Penny aus dem Wrack herausholen wollten?«

Es trat eine beklommene Pause ein. Pascoe starrte ihn ungläubig an und verengte die Augen.

»Wollen Sie mir drohen, Lex?«, zischte er.

»Ihnen drohen?« Die strahlendblauen Augen sahen ihn verwirrt an. »Großer Gott - nein!« Es klang entsetzt. »Ich muss mich da ganz falsch ausgedrückt haben, Steve. Aber ich gebe zu, dass ich ziemlich nervös war, als Sie an dem Wrack arbeiteten. Es ist für mich eine ehrliche Erleichterung, dass wir die Maschine an Land haben. Seien Sie damit zufrieden, Sie haben doch, was Sie wollten.«

Pascoe sah ihn immer noch unverwandt an.

»Warum gerade Tony, Lex?«

»Wie meinen Sie das?«

»Warum sollte Tony gefährdeter sein als wir anderen?«

»Das habe ich nicht gesagt. Ich habe seinen Namen nur zufällig erwähnt, es könnte auch jeden anderen treffen.«

»Wir tauchen immer paarweise, Lex. Wir richten uns dabei strikt nach den Sicherheitsvorschriften.«

»Und trotzdem riskieren Sie Kopf und Kragen, das wissen Sie genau.« Er war blass geworden. »Sie kennen doch die Gefahren viel besser als ich, Steve.«

»Aber Sie wissen noch irgendetwas anderes, Lex«, entgegnete Pascoe unbeirrt. »Etwas, wovon ich nichts weiß.

Lex Pickard legte den Kopf in den Nacken und trank seinen rosa Gin aus. Er fuhr sich mit der Zunge über die schmale Oberlippe.

»Ich weiß gar nichts«, sagte er schließlich. »Ich habe nur so eine furchtbare Vorahnung...«

»Inwiefern?«

»Daß jemand sterben wird. Ich habe vorgestern Nacht davon geträumt. Es wirkte alles so echt.«

»Warum haben Sie mich nicht gewarnt?«

Er zuckte hilflos die Achseln. »Hätten Sie denn auf mich gehört? Sie standen kurz vor dem Erfolg. Jetzt, wo Sie Ihr Ziel erreicht haben, kann ich Ihnen meine Befürchtungen eingestehen. Halten Sie mich ruhig für eine alte, aufdringliche Unke, wenn Sie wollen, Steve, aber tauchen Sie nicht noch einmal dort hinunter.«

»Ihr beide macht so ernste Gesichter.« Pascoe merkte, dass Yolande lautlos hinter sie getreten war. »Ich dachte, es handelte sich hier um eine Art von Freudenfest.«

»Ist es auch«, antwortete Lex in leichtem Ton. Er streckte die Hand nach ihrem leeren Glas aus. »Ich besorge Ihnen etwas zu trinken. Gin, nicht wahr?«

»Mit Soda, Lex, und viel Eis.«

Als er gegangen war, sah sie Pascoe an.

»Was wollte er, Steve?«

»Nichts Wichtiges.« Pascoe versuchte das, was er gerade gehört hatte, zu bagatellisieren. »Er hat mir von einem Traum erzählt.«

Sie sah zur Decke. »Großer Gott - Lex und seine Träume. Was war es denn diesmal? Ich wette, etwas ganz Furchtbares.«

Pascoe sagte langsam und betont: »Er träumte, dass einer von uns sterben würde.«

Sie legte ungläubig die Stirn in Falten. »Das hat er Ihnen gesagt? Wie dumm von ihm. Sie nehmen das doch wohl nicht ernst, Steve?«

»Seinen Traum? Nein.« Pascoe schüttelte den Kopf.

»Würde ich auch nicht«, sagte sie. »Es sei denn...« Sie zögerte.

»Was ist denn, Yolande?«

»Ich denke an sein Motiv«, antwortete sie. »Ich kenne Lex. Er redet manchmal um eine Sache herum. Glauben Sie vielleicht, dass er Sie davon abhalten wollte, noch einmal zu dem Wrack hinunterzutauchen?«

»Das bezweifle ich«, sagte er, aber dabei hatte er genau dasselbe gedacht.

Lex hatte versucht, ihn zu töten. Er hatte außerdem versucht, ihn mit einer grausigen Erscheinung von Witkop zu vertreiben. Und nun hatte er es zum ersten Mal offen ausgesprochen: Einer von der Mannschaft, möglicherweise Tony, würde sterben müssen, wenn sie nicht die Finger von dem Wrack ließen. Lag irgendetwas in dem Wrack, was Lex geheim halten wollte?

Pascoe nahm sich vor, dieser Frage gleich am Morgen auf den Grund zu gehen.

Nach dieser Unterhaltung war Pascoe nicht mehr in der richtigen Stimmung, Lex Pickards Gastfreundschaft noch länger zu genießen. Er wäre am liebsten gleich zum Boot zurückgekehrt, aber Yolande war entschlossen, ihn noch hierzubehalten.

»Setzen Sie sich zu mir, Steve.« Sie ließ sich auf eins der Korbsofas sinken und klopfte mit der Pfand auf das Kissen neben sich. »Bei Ihnen weiß ich nie recht, woran ich bin. Ich möchte Sie gern näher kennenlernen.«

Er holte sich noch etwas zu trinken und merkte, wie ihre Gegenwart ihn weich machte. Sie konnte ja nichts dafür, dass sie so schön war, und es war schließlich ungerecht, alle schönen Frauen nur deshalb zu verurteilen, weil eine von ihnen - ein sehr schönes Luder namens Yasmine - auf ihm herumgetrampelt war und dabei noch nicht einmal die Schuhe mit den spitzen Absätzen ausgezogen hatte. Die Narben davon waren noch vorhanden, aber sie schmerzten nicht mehr.

Yolande sah ihn eindringlich an. »Sie haben ein hochinteressantes Gesicht, Steve. Ich möchte Sie gern malen.«

»Haben Sie das nicht auch zu Mercer gesagt?«

Natürlich war es fast schon pervers von ihm, gerade jetzt eine solche Bemerkung zu machen. Ausgerechnet in dem Augenblick, wo er seine Neigung für sie entdeckte. Seit dem Ende seiner Affäre mit Yasmine hatte er in einer reinen Männerwelt gelebt und immer genau das gesagt, was er dachte. Kamen ihm irgendwelche Zweifel, so drückte er sie rückhaltlos aus - und solche Zweifel hegte er jetzt auch, was ihre Motive betraf. Zugegeben, sie hatte ihn um einen kleinen Gefallen gebeten, denn viel mehr war die Bergung von Mercers Seekiste eigentlich nicht. Aber deswegen brauchte sie doch nicht gleich anzubieten, ein Porträt von ihm zu malen und sich auch weiterhin so zu benehmen, als fände sie ihn attraktiv. Was in aller Welt hatte er ihr schon zu bieten?

Er bemerkte, wie sie unter seinen Worten zusammenzuckte.

»Ich hab's wohl nicht anders verdient, Steve«, sagte sie mit ganz kleiner Stimme. »Ja, das habe ich auch zu Desmond Mercer gesagt, aber aus einem anderen Grund.«

»Sie wollten davon profitieren, dass er bereits bekannt war.«

Ihr Lächeln war beinahe schon eine Grimasse.

»Sie drücken sich ziemlich brutal aus.«

»Ich halte nichts davon, nur auf den Busch zu klopfen.«

Sie sah ihn ernsthaft an. »Es würde nichts schaden, wenn Sie manchmal ein wenig taktvoller wären.«

»Wahrscheinlich nicht.« Er war plötzlich furchtbar müde. Was trieb ihn nur dazu, ihr gegenüber eine solche Haltung einzunehmen? Was wollte er sich damit beweisen? Dass er es nicht nötig hatte, ihr zu schmeicheln? Dass sie mit ihrer Schönheit bei ihm nichts erreichte? Dass sie ihn überhaupt nicht anzog? Und wem versuchte er das zu beweisen? Sich selbst oder ihr?

Sie stand auf und gab ihm die Hand. »Gehen wir hinein, das Essen ist serviert.«

Ihre schmale, warme Hand lag in seiner. Sie gingen die Terrasse entlang.

Es gab gegrillten Schinken, kaltes Hähnchen, Salat, frische Brötchen und eiskalten weißen Kapwein in grünen Flaschen. Die bisher ein wenig verstreute Gesellschaft fand sich beim Essen wieder zusammen.

Pascoe stand neben Isobel. Sie trug eine kaffeebraune Bluse und einen braunen Rock, aber bei ihrer sonnengebräunten Haut und dem ausgebleichten Haar war die Gesamtwirkung goldfarben. Sie war die typische Schönheit vom Lande.

»Woran denken Sie jetzt?«, fragte sie und schob sich mit der Gabel ein Stück Schinken in den Mund.

»Ich habe gerade daran gedacht, dass ich Sie gern malen würde, wenn ich es nur könnte«, antwortete er.

»Wie?« Diese Frage klang weder anzüglich noch argwöhnisch, sondern nur neugierig.

»Genauso, wie Sie jetzt gekleidet sind, vielleicht in einem Weizenfeld mit ein paar Blüten Klatschmohn drumherum.«

Sie begann, ein Lied zu summen.

»Ich wusste gar nicht, dass Sie romantisch sein können, Steve.«

»Die meisten Männer sind romantisch, Frauen sind das praktisch veranlagte Geschlecht.«

Sie sah ihn sehr nachdenklich an. »Ob Sie wohl recht haben?«, murmelte sie. Dann machte sie einen Gedankensprung. »Wird Yolande Sie porträtieren?«

»Nicht, dass ich wüsste. Warum?«

»Sie haben ein sehr ausgeprägtes Gesicht.«

»Nase«, korrigierte er.

»Auch die Farbzusammenstellung ist gut: schwarzes Haar, tiefbraune Haut, blaue Augen.«

Er wurde ein wenig verlegen und lenkte die Unterhaltung wieder zurück zu Yolande. »Sie ist wohl sehr talentiert?«

Isobel schüttelte den Kopf. »Das würde ich nicht sagen. Ehrgeizig ist sie ganz bestimmt, aber in meinen Augen sind ihre Porträts zu geschniegelt, zu oberflächlich. Ich sage ihr das immer wieder. Ich glaube, dass sie auf der Universität ins falsche Fahrwasser geraten ist.«

»Wie meinen Sie das?«

»Sie musste sich damals entscheiden, ob sie Schauspielerin oder Malerin werden wollte. Sie wurde Malerin.«

»Und sie ist fest entschlossen, erfolgreich zu werden.«

»Sie hat überhaupt einen sehr starken Willen, Steve.«

»Und außerdem sieht sie gut aus.«

»Ja, sie ist schön.« Isobel sagte das ohne jeden Neid, aber sie beschäftigte sich dabei intensiv mit dem Essen und hielt die Augen niedergeschlagen.

Nach dem Essen blieb Pascoe nicht mehr lange. Sollten die Jungs ruhig zum Kaffee mit den Mädchen zum Wohnwagen hinausgehen, er selbst hatte es eilig, zu seinem Schiff zurückzukehren. Die Nacht war still, und der *Seevarkie*, die beide Anker ausgeworfen hatte, konnte eigentlich nichts passieren, aber dennoch drängte es ihn zu seinem Schiff zurück.

Unterwegs wollte er für ein paar Minuten auf Witkop Station machen, nur um sich zu beweisen, dass er keine Angst vor der Erscheinung hatte, die ihm in der Nacht nach dem *Braaivleis* erschienen war. Das Gesicht am Fenster gab ihm immer noch Rätsel auf. Es musste dafür eine logische Erklärung geben. Zweck der Übung war es vermutlich, ihn entweder zu verscheuchen oder vor einer bevorstehenden Gefahr zu warnen. Aber wer steckte dahinter?

Der Hauptverdächtige war natürlich Lex Pickard, dem offenbar sehr daran gelegen war, dass Pascoe die Arbeit an dem Wrack nicht mehr fortsetzte.

Neben dem Gummidinghi, das weit auf den Strand hinaufgezogen war, lag ein kleines Boot aus Fiberglas, das die Jungs gelegentlich zum Übersetzen benutzten. Pascoe machte es flott und ruderte die paar hundert Meter zur Insel Witkop hinüber, die düster und drohend in den Sternenhimmel aufragte. Als er näher kam, sah er auf der seezugewandten Seite den weißlichen Gischt-Streifen der Brandung und den matten Schimmer der Guano-Flecken auf den Felsen. Aber noch etwas anderes sah er: In der Hütte brannte ein schwaches Licht, anscheinend nur eine Kerze.

Sofort erwachte in ihm der Verdacht, aber dann sagte er sich, dass die Jungs wahrscheinlich nur ein Licht brennen gelassen hatten, um leichter den Rückweg zu finden. Das wäre ganz natürlich gewesen.

Leise und geschickt ruderte er weiter, erreichte die geschützte Stelle unterhalb des Felsbandes mit der Hütte, zog die Ruder ein und stieg an Land. Er befestigte das Boot und sah sich um. Abgesehen von der offenen, von innen erleuchteten Tür der Hütte war ringsum alles schwarze Nacht. Der nächtliche Besuchet fiel ihm wieder ein - das bleiche Gesicht mit den eingesunkenen Augen -, und er fühlte eine innere Unruhe, vielleicht sogar ein wenig Angst. Er hob den Kopf und schnupperte in die Nachtluft wie ein Jagdhund, weil er wieder mit dem eigenartigen Geruch rechnete, aber da war nichts. Leise schlich er weiter, stieß mit dem Fuß im Dunkeln an einen Gegenstand und hob ihn auf. Vielleicht verursachte er dabei ein kleines Geräusch.

In diesem Augenblick ging das Licht in der Hütte aus.

Sechstes Kapitel

Pascoe blieb regungslos stehen, strengte Augen und Ohren an und hielt das Stück Treibholz, das er unterwegs als Keule mitgenommen hatte, schlagbereit in der Hand. Er wollte einfach nicht glauben, dass die Kerze genau in diesem kritischen Augenblick von allein ausgegangen war. Jemand hatte sie gelöscht - jemand, der da drinnen in der Hütte auf ihn wartete.

Ringsum rauschte das Meer gegen die Felsen und schnitt ihn von der Umwelt ab. Sehnsüchtig dachte er an das Boot. Es hätte für ihn einen Fluchtweg bedeutet. Aber wovor sollte er fliehen?

Er starrte wie gebannt auf die dunklen Umrisse der Hütte, die im matten Schein der Sterne vor ihm lag. Dann duckte er sich ein wenig und schlich weiter, jederzeit bereit, sich notfalls zu verteidigen. In der Nachtluft fühlte sich der Schweiß auf seiner Stirn kalt an.

Er kam so nahe an die Hütte heran, dass er den Rauch der ausgedrückten Kerze riechen konnte. Vorsichtig bewegte er sich zur Seite. Es wäre leichtfertig gewesen, als Zielscheibe vor dem Sternenhimmel stehenzubleiben. Jetzt konnte er nichts weiter tun, als auf den nächsten Schachzug seines Gegners zu warten.

Der kam so plötzlich, dass Pascoe überrascht wurde. Eine Gestalt schoss aus der Hütte und rannte an ihm vorbei. Gesicht und Hände waren im Dunkeln nur verschwommene helle Flecken. Mit einer mechanischen Bewegung warf ihm Pascoe seine Keule nach. Er hörte einen dumpfen Aufprall, dann das trockene Poltern des Holzes auf Stein und zwischen diesen beiden Geräuschen ein schmerzhaftes Stöhnen.

Sobald Pascoe sich von der Überraschung erholt hatte, sprang er vor. Er sah den Mann, den er getroffen hatte, noch ein paar Schritte weiterstolpern und hinfallen. Bevor er sich wieder erheben konnte, stand Pascoe schon breitbeinig über ihm und drehte ihm die Arme auf den Rücken.

»Schon gut, Mister, ich geb's auf.« Der Mann stöhnte und versuchte, den Kopf ein wenig vom Boden zu heben. »Nur bleiben Sie nicht auf mir sitzen. Ich hab' das Gefühl, als wäre mein Rücken gebrochen.« Er ächzte wieder.

Pascoe packte die Handgelenke nur noch fester.

»Wer sind Sie, und was wollen Sie hier?«

»Mein Rücken«, jammerte die Gestalt. »Lassen Sie mich aufstehen.«

»Erst meine Frage beantworten!«

»Mein Name ist Walker, Wally Walker. Ich habe Ihnen doch nichts getan! Sie hätten mir mit dem Knüppel glatt das Kreuz brechen können. Bin vorhin rausgeschwommen und wollte ein paar Nächte in der alten Hütte bleiben. Habe ich früher auch getan. Wusste ja nicht, dass sie besetzt war.« .

»Sie haben verdammtes Glück, dass ich Sie nicht erschossen habe«, sagte Pascoe und zerrte seinen Gefangenen hoch. »Warum sind Ihre Sachen nicht nass?«

»Weil ich sie nicht angehabt habe, deshalb. Ich hab' sie alle in einen Plastiksack gestopft - früher war Kunstdünger drin - und hinter mir hergezogen. Das schwimmt prima. Ist eine Art Schwimmgürtel, wenn man ihn braucht.«

Der Stimme nach musste der Mann zwischen fünfzig und sechzig sein. Vielleicht ein englischer Matrose, der in jungen Jahren von seinem Schiff desertierte und sich in Südafrika niederließ.

Pascoe drehte dem Mann die rechte Hand bis zwischen die Schulterblätter und durchsuchte ihn. In der einen Tasche fand er eine Pfeife, einen Tabaksbeutel und Streichhölzer, in der anderen ein Taschenmesser. Er musste dem Mann zugutehalten, dass er das Messer nicht in der Hand hielt, als er aus der Hütte stürzte.

»Kommen Sie mit rein, ich möchte Sie mir ansehen«, sagte er.

Er führte ihn ins Innere der Hütte, tastete mit der linken Hand nach der Batterielampe über der Tür und schaltete sie ein.

Wally Walker blinzelte und rieb sich mit der freien Hand die Stelle, wo die Keule ihn im Kreuz getroffen hatte. Er war mittelgroß, hatte magere, tätowierte Arme und lederne Haut. Sein graues Haar war auf beiden Seiten des kahlen, sonnenverbrannten Schädels kurz geschnitten. Die braunen Augen flackerten ruhelos. Die Lippen über dem zahnlosen Mund wirkten schlaff.

»Stellen Sie sich dort an die Wand«, befahl Pascoe, nachdem er dafür gesorgt hatte, dass sich in Reichweite seines Gefangenen kein Gegenstand befand, den dieser als Waffe benutzen konnte. Die Kleidung verriet den Vagabunden: blaues Hemd, ausgebleicht und verschwitzt, die Ärmel hochgerollt, Khakihose mit Flicken auf beiden Knien, keine Socken, heruntergetretene Schuhe, ohne Schnürbänder.

Pascoe betrachtete ihn nachdenklich und überlegte, wie er diese Gestalt in die Ereignisse der letzten Tage einordnen sollte.

»Sie wollten hier schlafen?«

»Stimmt, Mister.«

»Sie lügen.« Er packte den Kerl beim Kragen und schüttelte ihn. »Verdammt, ich will die Wahrheit hören.«

Der Mann schnappte nach Luft. Seine Stimme klang noch kläglicher als zuvor. »Ich sag' Ihnen doch die Wahrheit, Mister.«

»Und was ist das hier?«

Pascoe holte mit der Schuhspitze einen Plastiksack unter einer Bank hervor. Es waren anscheinend Lebensmittel drin. Walker starrte den Sack an, biss sich mit dem zahnlosen Gaumen auf die Lippen. Pascoe stieß ihn bis an die Wand zurück und ließ ihn dann los. Der Mann duckte sich und schluckte.

»Das ist nämlich so, Mister«, erklärte er. »Ich hab' keine Arbeit und bin restlos pleite. So 'ne Art Strandräuber.«

»Und wie kommen Sie nach Witkop? Das wollte ich wissen.«

»Seit zehn Tagen, Mister, lebe ich nur von Fisch. Heute Abend hab' ich Sie alle wegfahren sehen. Da hab' ich die Dunkelheit abgewartet und bin rausgeschwommen.«

»Und wonach haben Sie gesucht?«

»Nach Sachen, die Sie doch nicht vermissen werden: bisschen Kaffee, Zucker, Milchpulver, Mehl für Pfannkuchen. Ich hab' mir gedacht, vielleicht erwisch' ich sogar 'n Stück Speck.«

Pascoe hob den Sack auf und leerte ihn auf die Bank. Während er seinen Gefangenen stets im Auge behielt, kontrollierte er den Inhalt. Was Walker gestohlen hatte, war kaum der Rede wert. Er hatte sich an den Konserven und den kleinen Luxusartikeln nicht vergriffen. Es war, wie er gesagt hatte: Diese Dinge hätten sie bestimmt nicht vermisst.

»Wenn Sie nur etwas zu essen brauchten«, sagte Pascoe, »dann hätten Sie doch ganz offen zu uns kommen und danach fragen können. Das bisschen Zeug hätten wir Ihnen gern gegeben.«

»Das hab' ich ja nicht wissen können, Mister. Ich bin schließlich nur ein Tramp und schon oft genug weggeschickt worden.«

»Was haben Sie denn früher gearbeitet?«

»Ich war Koch in einem Hotel - sozusagen.«

»Und warum sind Sie weggegangen?«

Die braunen Augen flackerten. »Streit mit dem Direktor.«

»Zu viel getrunken?«

»Wer - ich?« Pascoe fiel die Empörung in der Stimme des Vagabunden auf, die fast an Schreck grenzte. »Ich doch nicht, Mister. So was mach' ich nicht.« Er schüttelte den Kopf. »Kein Schnaps, kommt nicht in Frage.«

»Jetzt lügen Sie schon wieder, Walker, nicht wahr?«

Pascoe starrte ihn an, bis Walker den Blick senkte.

Hilflos und widerstrebend nickte er schließlich. »Ja, der Schnaps«, murmelte er schließlich. »Hab' nie die Finger davon lassen können.« Voll Selbstverachtung fuhr er fort: »Kochen kann ich prima, aber ich hab' einen Job nie lange behalten. Erst hier draußen am Strand beim Fischen, Rumlaufen und Schlafen im Freien hab ich's fertiggebracht, ohne auszukommen.«

Pascoe betrachtete den Schnapsvorrat auf dem Regal. Walkers Atem roch nicht nach Alkohol, und er hatte auch nicht versucht, welchen in seinem Plastiksack mitzunehmen. Die Flaschen musste er im Kerzenlicht gesehen haben.

»Waren Sie denn nicht in Versuchung, etwas von dem Brandy mitzunehmen?«, fragte er.

Die schlaffen Lippen bewegten sich lautlos. »Ich hab' ihn auf dem Regal gesehen, Mister.«

»Aber keinen genommen?«

»Nein.« Er holte tief Luft. »Ich hab' keinen genommen.«

»Wovon leben Sie denn, wenn Sie nur am Strand herumlaufen?«

»Meistens vom Fischen. Manchmal verkaufe ich einem Farmer einen Fisch oder handle ihn gegen Eier und Milch ein.«

»Ein hartes Leben«, sagte Pascoe mitfühlend. Die schmalen Schultern hoben und senkten sich.

Pascoe fuhr fort: »Ich weiß nicht, wie lange wir hierbleiben, vielleicht sind es nur noch ein paar Tage. Wenn Sie wollen, können Sie bei uns bleiben und für uns kochen. Das ist kein toller Job, aber Sie haben Ihr Essen und Ihren Tabak frei, und zum Abschied bekommen Sie noch ein bisschen Geld. Vielleicht können Sie uns ein paar Fische fangen.«

Der Strandräuber sah ihn ungläubig im Licht der Lampe an. »Meinen Sie das ernst, Mister?«

»Muss ich's Ihnen schriftlich geben? Aber wie gesagt, es ist kein toller Job.«

»Ich nehm' ihn gern an, wirklich sehr gern. Es kommt nicht oft vor, dass ich stehle, aber wenn, dann bin ich meistens ziemlich heruntergekommen.«

»Diese Sache habe ich schon vergessen«, sagte Pascoe.

Zum Frühstück gab es Speck, gedünstete Tomaten, Rühreier und den besten Kaffee, den Pascoe seit langer Zeit getrunken hatte. Wally Walker nahm die Komplimente zahnlos lächelnd entgegen.

»Wenn die Herren mir 'nen Hummer mit raufbringen, dann gibt's den zum Mittagessen, mit Reis.«

Pascoe wusste an diesem Morgen noch nicht, dass ein Fund in der Kabine unter dem Ruderhaus ihm den Appetit auf Hummer für Monate verderben würde.

Das gute Wetter hielt sich. Die *Seevarkie* ankerte wieder über dem Wrack. Mit Wally Walker hatte Pascoe nicht nur einen erstklassigen Koch bekommen, sondern auch sich und seine Mannschaft von allen häuslichen Pflichten befreit.

»Achtet nur ein wenig auf den Schnaps«, sagte Pascoe zu seinen Leuten. »Wenn er die Finger davon lässt, wird alles gutgehen. Wegsperren können wir ihn nicht, weil wir ihm beweisen müssen, dass wir Vertrauen haben.«

Sie setzten auf Deck die Sandpumpe zusammen. Sie bestand aus einem fünf Meter langen, zweizölligen Kunststoff schlauch mit einem eisernen Schuh an dem einen Ende. Durch diesen Schuh verlief ein dünnes Rohr, das Druckluft in den Schlauch pumpte.

Der Schuh wurde in den Sand gestoßen und die Luft angedreht. Sie blies nassen Sand und Wasser durch das freie Ende des Schlauchs hinaus.

Pascoe sah seine Leute der Reihe nach an. »Bevor wir heute Morgen mit der Arbeit anfangen, möchte ich, dass ihr alle Bescheid wisst.«

Sie warfen ihm verwunderte Blicke zu. Nur Tony Spencer meldete sich zu Wort. »Du hast uns doch nicht etwas verheimlicht, Skipper?«

»Ich fürchte ja, Tony. Ich weiß allerdings nicht, wie wichtig die Sache ist. Ich habe euch noch nichts gesagt, weil ich euch nicht aufregen wollte, bevor wir die Maschine an Land hatten. Und ich glaube, dass ich zu eurer Sicherheit alles mir mögliche unternommen habe.«

Van sah stirnrunzelnd von dem Luftventil auf, das er gerade zuschraubte. »Wovon redest du überhaupt, Skipper?«

»Erinnerst du dich noch, wie sich vor zwei Tagen mein Luftschlauch im Tang verfing?«

»Ja.«

»Ich hab' damals den Mund gehalten, aber es war kein Unfall. Jemand wollte mich umbringen.«

Er hörte, wie Tony nach Luft schnappte und Mython sich auf seiner Kiste vorbeugte. Vans Lippen öffneten sich ein wenig, seine Augen wurden eng.

»Aber das ist doch unmöglich, Skipper. Tony und ich hatten Wache. Wir haben nichts und niemanden gesehen.« Er sah den jüngeren Kameraden fragend an. »Stimmt's, Tony?«

»Ihr habt auch nicht damit gerechnet, jemanden zu sehen«, erklärte Pascoe bedrückt. »Der Mann, der sich an meinem Luftschlauch zu schaffen machte, hat schon dafür gesorgt, dass er nicht bemerkt wurde. Ich würde sagen, dass er Maske und Schnorchel trug, wobei er das Ende des Schnorchels wahrscheinlich mit einem Stück Tang getarnt hat. Dann schwamm er von Witkop aus zu dem roten Atemschlauch hinaus und hielt sich die ganze Zeit unter

Wasser. Dazu dürfte er höchstens zwei oder drei Minuten gebraucht haben. Wie ihr wisst, habe ich den Schlauch selbst wieder freibekommen. Ich weiß, dass er absichtlich festgebunden war.«

Tony fuhr sich mit den Fingern durch das helle Haar. »Aber warum sollte dich denn jemand umbringen wollen, Skipper?«

Pascoe lächelte. »Wahrscheinlich ist das eine Übertreibung, wenn ich sage, dass mich jemand umbringen wollte, Tony. Aber ohne Mythons Hilfe hätte ich kaum eine Chance gehabt, lebend wieder heraufzukommen. Ich glaube fast, dass irgendjemand die Absicht hatte, mich von dem Wrack zu verscheuchen.«

»Damit ist aber Tonys Frage nicht beantwortet, Skipper.« Van schob trotzig das Kinn vor.

»Das weiß ich. Ich glaube, dass vorletzte Nacht ein weiterer Versuch unternommen wurde, mich von Witkop zu verscheuchen.«

Er erzählte ihnen von dem Gesicht des Ertrunkenen, das im Fenster erschienen war.

Er hatte zwar den Eindruck, dass sie ihm nicht ganz glaubten, aber das war ihm gleichgültig. Er entlastete zumindest sein Gewissen, indem er ihnen nichts von Bedeutung mehr vorenthielt. Yolandes Interesse an der Seekiste war eine persönliche Angelegenheit, die nur sie und ihn etwas anging.

Er sah von einem zum anderen und versuchte, an ihren Gesichtern die Reaktion abzulesen.

Dann fuhr er fort: »Letzte Nacht hat mir Lex Pickard in Duinfontein geraten - sehr dezent natürlich -, dass ich mich mit dem zufriedengeben sollte, was wir bisher aus dem Wrack geborgen haben. Noch einmal hinunterzutauchen, meinte er, wäre ein großes Risiko. Eine Versuchung des Schicksals nannte er es.«

Zum ersten Mal meldete sich Mython zu Wort. Ganz sanft und leise kam seine Stimme aus dem kleinen Mund in dem großen, runden Mondgesicht.

»Er muss dir doch einen Grund genannt haben, Skipper.«

»Hat er.« Pascoe zögerte, weil er eigentlich nicht über alle Einzelheiten reden wollte. »Jetzt kommt mir das albern vor, aber er sagte mir etwas von einem Traum, nach dem jemand sterben müsste.«

»Jemand, der mit dem Wrack zu tun hat?«, fragte Van langsam.

Pascoe nickte. »So habe ich es zumindest verstanden.«

»Und hast du ihm geglaubt?«

»Die Geschichte mit dem Traum? Nein, Van, natürlich nicht. Das passte nur einfach zu den übrigen Warnungen. Pickard will aus irgendwelchen Gründen, dass wir die Arbeit an dem Wrack einstellen.«

Mython nickte mit ausdruckslosem Gesicht.

»Aber er hat uns doch so viel geholfen«, widersprach Tony.

»Bisher«, warf Van grimmig ein. »Möglicherweise wollte er nur, dass wir so schnell wie möglich die Maschine bergen und dann schleunigst verduften. Was meinst du dazu, Skipper?«

»Den Eindruck hatte ich auch, Van.«

»Aber warum sollte er jetzt wollen, dass wir die Arbeit an dem Wrack einstellen?«

Mython streckte den Arm aus und deutete mit dem Daumen nach unten zum Wasser.

»Vielleicht kommen wir dahinter, wenn wir die Kabine freiräumen.«

»Darauf wollte ich hinaus«, sagte Pascoe. »Ihr habt gehört, worum es geht und wisst nun mehr oder weniger, mit welchen Schwierigkeiten wir es zu tun haben. Ich überlasse es euch: Sollen wir aufgeben, schließlich haben wir ja unser Ziel erreicht?«

»Was mich betrifft«, sagte Van, »so möchte ich mich gern in der Kabine umsehen - zum Teufel mit Lex Pickard.«

»Der Meinung bin ich auch, Van«, sagte Tony.

»Ja.« Mython nickte.

»Trotzdem, Jungs, muss ich euch daran erinnern, dass er sich das nächstemal nicht mehr mit einer bloßen Warnung zufriedengeben wird.« Pascoes Stimme klang sehr ernst.

»Solange wir die Augen offenhalten, kann er uns nicht viel anhaben, Skipper.« Tony hatte sich bereits in seinen Taucheranzug gezwängt und befestigte sein Messer dicht unter dem Knie am rechten Bein. Pascoe hatte den Eindruck, dass er Van ziemlich unsicher anlächelte. »Ich glaube, Van, heute Morgen sind wir beiden zuerst an der Reihe.«

Pascoe beugte sich über das Heck der *Seevarkie* und beobachtete die Blasen, die aus der Tiefe aufstiegen. Das Gewicht der Verantwortung lastete schwer auf seinen Schultern. Wenn er lange genug ins Wasser starrte, sah er plötzlich das Gesicht, das ihm am Fenster erschienen war: ein Gesicht mit schlaffem, schwarzem Haar, eingesunkenen Augen und gelber Haut, die sich straff über den Schädel spannte.

Zuweilen verwandelte sich dieses Gesicht auf geheimnisvolle Art und Weise - wie bei einem Dorian Gray, nur umgekehrt - in ein anderes, in ein junges, frisches Gesicht mit bronzefarbener Haut und blondem Haar. Es war Sallys Gesicht, und Lex Pickards Worte fielen ihm wieder ein.

Wie wäre Ihnen, wenn Sie Sally morgen Nachmittag mitteilen müssten, dass es einen Unfall gegeben hat?

Pascoe schluckte hart und sah auf die Uhr. In acht Minuten mussten sie sich auf den Weg nach oben machen. Pickard konnte kaum irgendetwas unternehmen, um einen der beiden in Gefahr zu bringen. Natürlich existierten immer noch die natürlichen Gefahren: dass beispielsweise ein Hai sie angriff, obgleich in den kalten Gewässern die Haie nicht sehr aggressiv sind und außerdem die aus den Ventilen entströmenden Blasen nicht mögen; es gab die gelben Seeschlangen, deren Gift konzentrierter ist als bei einer Mamba, doch auch diese waren glücklicherweise scheu und zurückhaltend; außerdem lebten hier viele Seekraken, aber es war nur die kleine Art, die hier *Seekatte* genannt wurde.

Die Eingeborenen stülpten sie verächtlich wie einen alten Socken um, wenn sie sie als Köder verwendeten. Diese hatten jedenfalls mit den legendären Wächtern von Schatzkisten nichts gemein!

In dem klaren, blaugrünen Wasser sah er das Zucken und Schwanken der durchsichtigen Tangstängel, die goldbraun schimmerten und die einen so dichten Dschungel bildeten, dass schon ausgewachsene Seehunde sich darin verfangen hatten und darin ertrunken waren.

Ja, mit dem Tang musste man immer rechnen.

Er war in Gedanken bei Van und Tony. Selbst mit Hilfe des Saugrohres würde es ziemlich lange dauern, die Kabine vom Sand zu befreien. Mython wachte über dem Kompressor wie eine alte Glucke, ölte, korrigierte, stellte ein.

Wieder sah Pascoe auf die Uhr.

»Jetzt sind sie auf dem Weg nach oben, Myth.« Er musste laut schreien, um sich bei dem Krach des kleinen Motors verständlich machen zu können.

Das lange Warten war immer eine besondere Nervenanspannung, sowohl für die beiden im Wasser als auch für die zwei anderen, die oben tatenlos und ungeduldig herumstanden. Für die oben war der erste Aufenthalt immer der schlimmste, weil man nicht sehen konnte, was sich in zehn Metern Tiefe abspielte. Für die Taucher wiederum bedeutete der Druckausgleich in bloßen drei Metern Tiefe die schlimmste Nervenprobe.

Die Minuten verstrichen. Pascoe bereitete den Kaffee vor. Er würde zwar nicht so gut sein wie der von Wally Walker, dem neuen Koch, aber Wally war an Land gegangen, um die Hütte aufzuräumen und Kleidungsstücke zu waschen.

Zweifellos wartete er auf den Hummer, den er zum Mittagessen bestellt hatte.

Das Tuckern des Kompressors im Hintergrund hörte abrupt auf. Das bedeutete, dass die zwei Taucher die Oberfläche erreicht hatten. Pascoe zwängte sich durch die Luke und sah Van und Tony vom Heck auf sich zukommen.

»Nun?«, fragte Pascoe und trat auf sie zu, um ihnen beim Ablegen der Ausrüstung behilflich zu sein. »Wie war's denn?«

»Lausig«, antwortete Van. »Die Pumpe wirbelte so viel Sand auf, dass man kaum etwas sehen kann.« Er saugte den Speichel durch die Zähne und spuckte über Bord. »Überall Sand, man kriegt ihn sogar zwischen die Zähne.«

»Und ihr habt nichts gefunden?« Pascoe sah ihn forschend an.

»Ein paar durchweichte, zerfetzte Seekarten, das war alles. Aber wir haben auch sozusagen von oben nach unten abgeräumt. Alle schweren Gegenstände liegen sicher unten.«

»Wie weit seid ihr gekommen?«

»Ungefähr die Hälfte, schätze ich. Ihr solltet besser eine Taschenlampe mit runternehmen.«

»Einen Hummer haben wir nicht«, fügte Tony hinzu. »Wally wird Zusehen müssen, was er aus den Konserven zaubern kann.«

Ein Schwarm winziger, getigerter Fischchen schob sich wie eine dichte Wolke durch die goldenen Streifen des Tangs, als Pascoe und Mython näherkamen. Die beiden Männer richteten sich beim Abstieg nach dem Seil der Markierungsboje. Vom Sonnenlicht war hier unten nichts mehr zu bemerken, und der aufgewirbelte Sand verringerte die Sichtweite auf knapp zwei Meter.

Als sie das Wrack erreicht hatten, begann Mython sofort mit der Demontage des bronzenen Kompassgehäuses. Pascoe zwängte sich durch die offene Luke in die Kabine..

Das Schiff lag mit einem Neigungswinkel von etwa dreißig Grad in den Sand gebettet. Pascoe drückte auf den

Knopf seiner Unterwasserlampe, und der kräftige Lichtstrahl ließ die Sandkörnchen funkeln wie ein Sonnenstrahl den Staub in der Ecke einer alten Scheune. In dem Dreieck aus Fußboden und Kabinenwand lag der Sand so hoch, dass er eine diagonale Linie bildete, die bis nach vorn zur Luke reichte. An der Lukentür waren mit Reißstiften farbige Aktfotos aus amerikanischen Magazinen befestigt. Pascoe legte den Kopf und betrachtete sie. Er musste wieder an Yolande denken.

Hier in Mercers Kabine hatte sie ihm höchstwahrscheinlich nackt Modell gestanden. Sie hatte zugegeben, damals in ihn verliebt gewesen zu sein, als müsste sie damit diesen Fehler entschuldigen. Vielleicht ist das tatsächlich eine Erklärung, dachte Pascoe, denn so etwas ist schließlich eine Privatangelegenheit zwischen zwei Menschen, eine Art Kampf, bei dem keine Regeln mehr gelten.

Plötzlich sah er Yasmine vor sich. Mein Gott, dachte er, womit wir uns herumschlagen müssen!

Um diese unerwünschten Bilder zu verscheuchen, griff er energisch nach dem Saugrohr, das Van in der offenen Luke liegengelassen hatte. Er schaltete die Pressluft ein. In dieser Welt des Schweigens gurgelte der Luftstrahl geräuschlos in das Plastikrohr. In das so geschaffene Vakuum wurde der Sand durch den Schlauch über das Heck des Trawlers geschleudert. Mit der Taschenlampe in der linken Hand bewegte Pascoe vorsichtig den Schuh des Sauggeräts über die Sandfläche und war neugierig, was wohl darunter liegen mochte. Gleichzeitig fürchtete er sich vor dieser Entdeckung.

Der erste feste Gegenstand, auf den er stieß, war ein Tisch, der immer noch im Boden verankert war. Die Plastikdecke schwebte lose über der Tischplatte. Er drang tiefer in den Sand ein. Fast die Hälfte des Fußbodens war schon freigeräumt, aber von der Seekiste sah er immer noch nichts. Sobald er sie hatte, wollte er aufhören. Er hatte keine Lust, auch die Koje freizulegen.

Er hielt die Taschenlampe an seine Uhr und sah, dass sie kaum noch fünfundzwanzig Minuten Arbeitszeit übrig hatten. Der stählerne Schuh bohrte sich in den Sand und schluckte ihn. Pascoe achtete darauf, nur den Kabinenboden freizulegen und den Sand an der Wand aufgehäuft zu lassen, damit er die Koje bedeckte.

Plötzlich berührte der Stahlschuh einen weichen Gegenstand und saugte sich daran fest. Pascoe riss ihn zurück, aber durch die gierig schluckende Säugöffnung wurden bereits Sand, Stoffreste und Fleischfetzen in den Plastikschlauch gerissen.

Pascoe starrte plötzlich auf ein weiß schimmerndes Schulterblatt. Und noch etwas sah er: den Griff eines Messers, der aus dem Rücken des Toten ragte.

Der Lichtstrahl zitterte und glitt zur Seite. Pascoe wurde übel. Er schluckte verzweifelt und wusste, dass er ganz allein schuld an dieser neuen Komplikation war. Er hatte fast damit gerechnet, einen Toten zu finden - aber nicht einen Ermordeten.

War es auch wirklich Mercer?

Er zwang sich, den Lichtstrahl noch einmal auf die Leiche zu richten und mit dem Saugrohr behutsam den Kopf freizulegen. Das ihm zugewandte Gesicht war nicht mehr zu erkennen. Er sah einen Goldzahn schimmern, und das dichte schwarze Haar hing lose wie eine schlecht sitzende Perücke über dem Totenschädel.

Pascoe wandte sich ab, stieß sich durch die Luke und nahm das Saugrohr mit hinaus. Es bestand die Gefahr, dass er sich übergeben musste - das war eine ganz echte Gefahr, da er eine Klammer auf der Nase trug und nur durch den Mund atmen konnte. Das durfte einfach nicht passieren. Unter Aufbietung aller Willenskraft kämpfte er gegen die Übelkeit an.

Nach einer Weile hatte er sich so weit erholt, dass er seinen Kopf ins Ruderhaus schieben, Mython die Lampe überreichen und ihm bedeuten konnte, er solle einen Blick in die Kabine werfen. Mython gehorchte.

Pascoe hatte das Gefühl, dass Mython ungewöhnlich lange drinnen blieb. Schließlich kam er wieder zum Vorschein, gab ihm die Lampe zurück und machte sich zusammen mit ihm auf den langwierigen, nervenzehrenden Weg hinauf zur Wasseroberfläche.

Siebtes Kapitel

Pascoe unterbrach die Arbeit für den Rest des Tages, zog sich um und ruderte in dem Dinghi an Land. Er hatte die Absicht, zu Fuß nach Duinfontein zu gehen und von dort die Polizei anzurufen.

Er zog das Dinghi bis über die Hochwassermarke und verschwand eilig durch die Lücke in den Dünen. Der Sand war hier ganz anders als auf dem Meeresgrund: trocken raschelnd und blendend weiß im grellen Sonnenlicht. Zu beiden Seiten des Pfades, der zur Farm führte, zogen sich in sanften Wölbungen die unberührten Naturdünen dahin. Die einzigen Geräusche, die er vernahm, waren das Knirschen der feinen Körnchen unter seinen Sohlen und die rhythmische Brandung des Meeres.

Die Dünen zogen sich noch ein paar hundert Meter landeinwärts und gingen dann schließlich in niedriges Gestrüpp und Buschwerk über, das den salzigen Sand festhielt und ihn mit einer Humusschicht überzog. Von hier aus konnte Pascoe schon die Lagune sehen. Ihr Brackwasser war von einem üppig grünen Schilfring umgeben. Auf der anderen Seite lag das dunklere Grün der Baumgruppe aus dichtstehenden *Melkbos*, den jahrhundertealten Wolfsmilchbäumen, deren nackte, verkrüppelte Stämme gewaltige Laubdächer trugen.

Pascoe wusste, dass die Mädchen mit ihrem Wohnwagen irgendwo in der Nähe dieser Baumgruppe kampierten, aber er konnte nichts davon erkennen.

Womit er sich auch beschäftigte, seine Gedanken kehrten unwillkürlich wieder zu dem Ermordeten zurück. Er hatte Mercer nur flüchtig gekannt und sich mit der Tatsache abgefunden, dass er tot war. Warum hatte der Anblick der verwesenden Leiche dann einen so tiefen Eindruck auf ihn gemacht? Vielleicht deshalb, weil auch der Mörder ihm bekannt war? War nicht die Angst vor der Entdeckung der Leiche der eigentliche Grund dafür, dass Lex Pickard versucht hatte, ihn von dem Wrack zu verscheuchen?

»Hallo, Steve«, rief eine fröhliche Stimme. »Das ist aber eine Überraschung.«

Er hatte eine Doppelreihe blauer Gummibäume erreicht, die ursprünglich wohl als Barriere gegen die hochfliegenden Funken gepflanzt worden waren, die bei den sommerlichen Südoststürmen den Buschfeuern vorausjagten. Die warme Luft roch nach dem Eukalyptusöl, das seine Mutter, als er noch ein Kind war, ihm immer aufs Taschentuch geträufelt hatte. Papierdünne Rindenstücke knirschten und knackten unter seinem Schritt.

»Hallo, Yolande«, sagte er.

Sie trat rasch in den Schatten der Bäume und zog sich den hellgelben Strohhut vom Kopf.

»Puh, ist das heiß. Ich war gerade zum Essen bei Lex und wollte nach Witkop hinausschwimmen, um einen Tee mit Ihnen zu trinken.«

Auf ihrer Stirn schimmerte ein wenig Schweiß. Sie sah ihn forschend an, dann wurden ihre Augen plötzlich ernst.

»Was ist los, Steve? Ist etwas passiert?«

Auch sie wusste, dass Mercer tot sein musste. Daher hatte es keinen Sinn, wie die Katze um den heißen Brei herumzugehen.

»Wir haben heute Morgen damit begonnen, die Kabine freizulegen. Dabei sind wir auf Mercers Leiche gestoßen.«

Er hatte flüchtig den Eindruck, dass sie vor Ekel beinahe die Nase rümpfte.

Sie schwieg eine ganze Weile, dann schüttelte sie langsam den Kopf. »Wie schrecklich.« Er musste sich anstrengen, um ihre Wort zu verstehen. »Mein guter, armer Desmond. In die Kabine eingeschlossen sein und so ertrinken müssen...«

»Er ist nicht ertrunken«, unterbrach sie Pascoe. »Er wurde ermordet.«

Sie hatte blicklos ins Weite gestarrt, aber nun wandte sie sich ganz langsam ihm zu. Ihre Lippen öffneten sich, drückten ihr Entsetzen aus. »Ermordet, Steve?«

»Erstochen.«

Sie schloss die Augen und hielt den Strohhut wie einen schützenden Schild vor die Brust. Ihre Hände kneteten die Krempe. Sie schnüffelte wie ein kleines Kind, und ihr Gesicht verzog sich. Der Hut fiel zu Boden. Bevor er ihn aufheben konnte, lag sie schon in seinen Armen. Ihre Schultern bebten. Durch sein dünnes Hemd spürte er die Feuchtigkeit ihrer Tränen auf seiner Haut.

Ganz sanft hielt er sie fest. »Tut mir leid, Yolande. Ich hätte nicht so mit der Tür ins Haus fallen dürfen.«

»Mein armer Desmond«, wiederholte sie, und ihre Stimme rührte an sein Herz. Ein Schauder durchlief sie. »Erstochen, sagten Sie, Steve?«

»Denken Sie nicht mehr daran, Yolande.«

Sie presste sich an ihn, und ihre Stimme klang gedämpft. »Er war immer so stolz auf seine Männlichkeit. Aber in vieler Hinsicht war er wie ein kleiner Junge. Deshalb liebte ich ihn. Nicht wegen der anderen Sache, sondern weil er nie ganz erwachsen war. Er war ein Romantiker. Er sah das Leben wie ein Märchen an. Nach dem Zusammenstoß mit den Russen wollte er sich eine kleine Kanone kaufen - einen alten Vorderlader - und ihn im Bug seines Bootes montieren. Er liebte alle Waffen, ganz besonders Messer.« Sie schob sich von ihm weg und sah ihn aus nassen Augen an. »Eine Ironie des Schicksals, nicht wahr?«

Pascoe nickte.

»Ich habe ihn damit immer aufgezogen«, fuhr sie fort. Ihre Stimme wurde tonlos und rührte ihn dadurch nur noch mehr. »Ich habe ihn immer mit diesen kindischen Neigungen geneckt. Kurz vor seiner Abfahrt schenkte ich ihm noch ein kräftiges Taschenmesser...«

»Was für eins?«

»Ein deutsches Jagdmesser mit einem eigenen Sägeblatt zum Durchschneiden von Knochen, glaube ich. Man konnte es in den Griff einklappen.«

Pascoe starrte sie an und fragte sich, ob sie wohl noch einen zweiten Schock ertragen konnte.

»Dieses Messer hat ihn getötet«, sagte er schließlich. »Ich sah das Heft noch in seinem Rücken stecken.«

Am nächsten Morgen barg der unerschütterliche Mython die Leiche für die Polizei. Er verpackte sie in eine schwarze Plastikfolie und band diese zusammen, bevor er das Zeichen gab, sie heraufzuholen.

Für den jungen Lieutenant der Kriminalpolizei - einen dunkeläugigen Hugenotten namens du Plessis - war der Mord eine Routineangelegenheit.

»Mann, das ist etwas ganz Alltägliches«, sagte er zu Pascoe und zündete sich mit gesenktem Blick an der Kippe seiner Zigarette die nächste an. »Nur handelt es sich bei dem Opfer diesmal um einen Europäer. Ich habe mit Leuten aus seiner Mannschaft gesprochen. Mir ist klar, wie das geschehen ist: Dieser Koch, Johannes de Kok, hatte ein ellenlanges Vorstrafenregister.«

»Johannes? War das der Ertrunkene? Glauben Sie denn, dass er Mercer getötet hat, Lieutenant?«

»Nach den Angaben der Mannschaft war er betrunken, Meneer. Beide waren betrunken. In dem Zustand war Johannes rasch mit dem Messer zur Hand, das zeigen seine Vorstrafen. Ich kann gar nicht mehr aufzählen, wie oft er wegen Trunkenheit, kleiner Diebstähle, Widerstands gegen die Staatsgewalt, Körperverletzung, illegalen Waffenbesitzes und so weiter im Kittchen saß.«

»Genügen denn die Vorstrafen als Beweis?«, fragte Pascoe zweifelnd und überlegte, wieviel er jetzt schon preisgeben sollte. Gegenüber diesem nüchternen, selbstsicheren Polizeioffizier begann sich sein eigener, etwas phantastischer Verdacht in nichts aufzulösen. Welche Beweise konnte er schon gegen Lex Pickard Vorbringen? Eigentlich gar keine, wenn man von den Versuchen des Farmers absah, ihn zur Aufgabe des Wracks zu bewegen, und seiner Vorahnung, dass jemand sterben müsste.

Pascoe begann sich allmählich zu fragen, ob es richtig war, Pickards Aufrichtigkeit zu bezweifeln. Es war das einzige Verdachtsmoment, das gegen ihn sprach, und es kam ihm jetzt selbst sehr zweifelhaft vor; der Knick in der Luftleitung konnte schließlich doch ein Unfall gewesen sein, das Gesicht am Fenster ließ sich allerdings so nicht erklären.

»Es gibt noch andere Hinweise«, sagte der Lieutenant. »Mercer und der Koch haben oft gestritten. Es gab sogar

Handgreiflichkeiten zwischen ihnen. Einmal hat Mercer Johannes mit einem Faustschlag niedergestreckt...«

»Und ihn trotzdem als Koch behalten?«

Der Kriminalbeamte lächelte nachsichtig. »Na und? Wahrscheinlich war er ein guter Koch. Außerdem ist es gar nicht so leicht, für einen Trawler einen Koch zu bekommen. Tatsache ist folgendes: Sie waren in jener Nacht nur zu zweit an Bord, und es gibt Beweise dafür, dass sie betrunken waren.«

»Wie hat sich das Ganze nach Ihrer Meinung abgespielt?«

»Das ist doch ganz einfach.« Lieutenant du Plessis schob das Kinn vor und blies einen langen Streifen Rauch in die Luft. »Sie stritten wieder, und dabei erstach der Koch den Skipper.«

»In den Rücken?«, fragte Pascoe ungläubig.

»Das kann natürlich auch später geschehen sein. Johannes war betrunken. Er hatte etwas gegen Mercer, sah seine Chance und nahm sie wahr.«

»Und danach fiel er praktischerweise über Bord?«

»Warum nicht?« Die dunklen Augenbrauen zogen sich zusammen. Er hatte den Zynismus aus Pascoes Ton herausgehört.

Pascoe überhörte die Frage und sagte ganz ruhig: »Da wäre noch etwas, Lieutenant.«

»Ich höre, Meneer.«

»Die Durchtrennung des Ankertaus war kein Unfall. Ich habe heute Morgen nachgesehen. Das freie Ende hängt noch in der Winde. Es wurde mit einem Messer durchschnitten.«

Der Detektiv zog an seiner Zigarette, dachte über diesen neuen Hinweis nach und nickte dann zufrieden.

»Das passt doch alles zusammen, Mr. Pascoe, nicht wahr? Hätten Sie es anders erwartet? Johannes ersticht Mercer. Nehmen wir zu seinen Gunsten an, dass er volltrunken war und nicht wusste, was er tat. Die Erkenntnis, einen Mord begangen zu haben, ernüchtert ihn. Er weiß, dass er die Spuren verwischen muss. Eine Möglichkeit wäre ein Feuer an Bord, aber dann kommt vielleicht die ganze Crew angestürzt, also schneidet er das Ankertau durch. Der Fischtrawler wird gegen die Insel Witkop geschleudert und bricht auseinander. Die Küste fällt hier steil ab, und das Schiff versinkt im tiefen Wasser. Nachdem Johannes das Tau durchschnitten hat, will er an Land schwimmen, und dabei ertrinkt er. Geschieht ihm recht.«

»Damit wäre alles klar. Für Sie gibt es da nichts mehr zu tun«, sagte Pascoe.

Der Beamte sah ihn fragend an. »Das klingt enttäuscht.«

»Nein.« Pascoe schüttelte den Kopf. »Bestenfalls erleichtert.«

»Ich bin froh, dass alles vorüber ist.«

»Das glaube ich Ihnen. Natürlich werden Ermittlungen angestellt. Sie werden Ihre Aussage zu Protokoll geben müssen. Ich verständige Sie noch, wann und wo das geschieht.«

»Danke.« Pascoe zögerte. »Können wir hier Weiterarbeiten, oder dürfen wir das Wrack nicht mehr betreten?«

»Machen Sie ruhig weiter. Natürlich werden Sie mich verständigen, falls Sie irgendwas entdecken sollten, was ein neues Licht auf den Mord wirft.«

»Selbstverständlich«, sagte Pascoe. Er hatte nicht die Absicht, wichtige Beweise zurückzuhalten - jedenfalls nicht zu dem Zeitpunkt, wo er Lieutenant du Plessis dieses Versprechen gab.

Über dem Massiv des Tafelberges, siebzig oder achtzig Kilometer entfernt, ballten sich Wolken zusammen und kündigten Pascoe an, was er am Nachmittag zu erwarten hatte. Er wusste allerdings schon aus dem Wetterbericht von dem aufkommenden Südost. Die Anker wurden gehievt, und die *Seevarkie* suchte ihren neuen Ankerplatz im Windschatten von Witkop auf. Der Wind, der hinter der Eisbarriere im Süden entstanden war, linderte zwar die Hitze, peitschte aber gleichzeitig auch Schaumkronen entlang der ganzen Küste auf. Nicht einmal das Schlauchboot konnte über dem Wrack verankert werden. Tauchen kam nicht in Frage.

»Was meinst du, wie lange das dauern wird, Wally?«

Pascoe war hinter den kahlköpfigen Koch getreten, der inzwischen zur Mannschaft gehörte. Er starrte hinaus aufs Meer, eine blankgeputzte Bratpfanne in der Hand.

Walker fuhr erschrocken herum. »Du hast mich aber erschreckt, Skipper. Hab' niemanden erwartet.« Er blinzelte zum Himmel hinauf. »In zwei Tagen bläst es sich aus.«

»Verdammt, das bedeutet drei oder vier Tage Unterbrechung.«

Die braunen Augen sahen ihn verständnisvoll an. »Das klingt böse.«

»Um ehrlich zu sein, Wally, ich möchte am liebsten einpacken und verschwinden.«

»Aber im Wrack da unten liegt noch Zeug, das du nicht im Stich lassen willst, wie?«

Pascoe zuckte die Achseln. »Eigentlich nichts von Wert. Aber da wir doch nicht bis Kapstadt gegen den Südost anlaufen können, macht es auch nichts aus, wenn wir bleiben.«

»Ich für meinen Teil bin ganz froh, das zu hören, Skipper.«

Pascoe betrachtete ihn nachdenklich. »Fühlst du dich wohl?«

Wally klopfte sich auf den Magen. »Ausnahmsweise keinen Hunger.« Er hielt Pascoes Blick stand. »Und auch keinen Durst.«

»Das höre ich gern, Wally.«

Der Koch hielt die gescheuerte Bratpfanne wie einen Spiegel hoch. »Muss mir 'n neues Esszimmer besorgen«, murmelte er zahnlos.

»Ja, das wäre ganz gut.«

»Wenn's mir schlecht geht, Skipper, dann verschwinden die immer als erstes.«

»Aha.«

»Weißt du was, Skipper?« Wally starrte wieder aufs Meer hinaus. »Wenn ich zwanzig Jahre jünger wäre, würde ich mich euch gern anschließen. Muss ein aufregendes Leben sein. Aber dazu muss man auch fit sein.«

»Das ist etwas für junge Leute, Wally.«

»Wie ist es denn eigentlich da unten?«

»Düster, in diese Tiefe dringt nicht mehr viel Sonnenlicht.«

»War ein ziemlicher Schock - diese Leiche, nicht? Hast sie nicht erwartet, oder?«

»Ich hab' nicht damit gerechnet, ein Messer in Mercers Rücken zu finden«, antwortete Pascoe trocken. »Aber ich wusste natürlich, dass er vermisst wurde und dass immerhin die Möglichkeit bestand, auf ihn zu stoßen.«

»Wie man hört, hat er gern getrunken.«

Pascoe nickte. »Er war ein Säufer, aber er hat eine Menge vertragen. Außerdem war er ein guter Seemann, auch dann, wenn er getrunken hatte.«

»Hab' ich auch gehört. Glaubst du, dass Johannes, der farbige Koch, ihn umgebracht hat?«

»Die Polizei scheint es anzunehmen, und er ist auch der Hauptverdächtige, Wally. Schließlich war er der einzige, der sich außer Mercer an Bord auf gehalten hat.«

Wally betrachtete wieder die Bratpfanne und kratzte mit dem Daumennagel einen dunklen Fleck vom Griff.

»Ich hab' gehört«, murmelte er, scheinbar zusammenhanglos, »dass die Maschine, die ihr raufgeholt habt, ganz in Ordnung war.«

»Sie machte einen guten Eindruck, Wally.«

»Nun, was ich meine... Ich treib' mich seit Wochen hier herum und hab' mit den farbigen Fischern geredet. Sie sagen, die *Blushing Bride* ist abends mit guter Fahrt reingelaufen und hat Anker geworfen. Ganz und gar kein Kummer mit der Maschine.«

Pascoe starrte ihn an. »Ich habe erfahren, dass das Schiff hereingehumpelt ist und Schutz suchte. Mercer wollte Reparaturen ausführen.«

»Das hat man sich erzählt, aber dann hätte er doch abends seine Maschine reparieren können, falls sie es überhaupt nötig hatte. Warum hat er bis zum Morgen gewartet?«

»Wir wissen's ja nicht, vielleicht hat er es getan.«

Der kleine Mann sah ihn von der Seite an.

»Vielleicht war er auch an Bord mit jemandem verabredet und hat deswegen der Mannschaft Landurlaub gegeben.«

»Eine Verabredung?« Pascoe beschäftigte sich mit dieser Möglichkeit. Dies schien seinen Verdacht zu bestätigen, der durch die sachliche Art des Kriminalbeamten zerstreut worden war.

Wenn Mercer nun in die Witkop-Bucht gekommen war, um sich mit jemandem zu treffen? Zum Beispiel mit Lex Pickard? Er war der einzige Europäer, der hier in der Nähe lebte. Aber welche Querverbindung gab es zwischen Pickard und Mercer? Was hatten die beiden gemeinsam?

Pascoe kannte die Antwort auf diese Frage und schreckte unwillkürlich davor zurück. Sie hatten etwas gemeinsam: Yolande Olivier. Sie war damals Mercers Geliebte, aber auch Lex Pickard liebte sie. Das bestätigten seine Stimme, sein Blick, seine ganze Haltung ihr gegenüber. Er hatte Pascoe leidgetan, weil er wusste, dass es kaum Schlimmeres gibt als unerwiderte Liebe.

Die Frage war nun: Hatte er vielleicht Mercer getötet? War das der Grund, weshalb er versucht hatte, ihn und seine Mannschaft von dem Wrack zu vertreiben?

»Hast du das der Polizei erzählt, als sie hier war, Wally?« Pascoe hoffte, durch seinen ruhigen Ton seine Erregung zu verbergen. Der Koch schob die Lippen vor und schüttelte den Kopf.

»Kaum, Skipper. Ich will mich nicht in so etwas einmischen. Außerdem - was hat die Polizei schon für mich getan?«

Diese Frage mochten sich viele Menschen in Wally Walkers Lage unter diesen Umstanden stellen.

Pascoe trank an diesem Nachmittag schon früh eine Tasse Tee, setzte an Land über und hatte vor, allein einen langen Strandspaziergang zu machen. Er musste über vieles nachdenken. Desmond Mercer war ermordet worden, und die Polizei hatte den Fall zufriedenstellend geklärt. Der Hauptverdächtige, Johannes de Kok, war tot - vermutlich ebenfalls ermordet. Die nachfolgende Untersuchung würde nur noch eine Formsache sein. Was die Polizei betraf, so war dies ein ganz klarer Fall.

Pascoe schritt kräftiger aus und ging am Wasser entlang, wo der Sand sich unter seinen Füßen fest und feucht anfühlte.

Er dachte an Lex Pickard. Da er ihn erst seit wenigen Tagen kannte, konnte er kaum behaupten, etwas über ihn zu wissen. Aber wen kennt man schon? fragte er sich. Der Nachbar nebenan ermordet plötzlich seine Frau, und man sagt von ihm: *Er war immer ein so ruhiger, netter Mensch, ich kenne ihn seit zwanzig Jahren.* Im Grunde kennt niemand seinen Mitmenschen - so ist es nun einmal. Jeder hat seine Geheimnisse und behält sie für sich. Der Mensch ist wie eine Katze, er geht im Grunde genommen allein seinen Weg, gleichgültig wie viele Freunde und Verwandte ihn auch begleiten mögen.

Pascoe blieb stehen und sah einem kleinen Schellfisch zu, der eine gestrandete Qualle aussaugte. Die giftigen Fühler schienen ihm nichts auszumachen, und in seinem durchschimmernden Körper konnte man den Weg der dunkel gefärbten Nahrung verfolgen.

Es lagen noch viele gestrandete Quallen herum, die nur darauf warteten, von dem Schellfisch ausgesaugt zu werden.

Pascoe ging weiter.

Der Mord beschäftigte ihn sehr. Die Durchtrennung des Ankertaus passte durchaus zu den anderen Versuchen, die Bergungsarbeiten zu behindern, damit die Leiche nicht gefunden wurde. Er hätte diesen Verdacht gegenüber du Plessis erwähnen müssen. Es wäre seine Pflicht als Bürger gewesen.

Was die Sache so schwierig machte, war der Umstand, dass er Lex Pickard trotz allem gut leiden mochte. Pickard hatte sich ihm gegenüber als höflicher, gastfreundlicher Mann erwiesen, als hilfsbereiter Nachbar und vernünftiger Mitmensch. Oder war das alles nur eine falsche Fassade, hinter der er sich versteckte? Was für ein Mensch war er in Wirklichkeit? War die Gastfreundschaft geheuchelt? Wollte er mit seiner Hilfsbereitschaft bei der Bergung der Maschine nur erreichen, dass er Pascoe und seine lästige Mannschaft so rasch wie möglich wieder loswurde? Ging seine Empfindsamkeit so weit, dass er Yolande Oliviers Liebhaber kaltblütig ermorden konnte?

Yolande.

Pascoe sprach den Namen laut aus. Er machte sich nichts mehr vor. Im Grunde genommen hatte er gegenüber Lieutenant du Plessis seinen Verdacht nur verschwiegen, um sie zu schützen. Bis jetzt war ihr Name im Zusammenhang mit dem Mord noch nicht erwähnt worden, obgleich sich ihre Verbindung mit Desmond Mercer leicht nachprüfen ließ. Es war von Anfang an eine unglückliche Verbindung gewesen. Sie hatte sich von Mercers falscher

Romantik und seiner starken Persönlichkeit hinreißen lassen. Wenn sie gewusst hätte, was für ein angeberischer Lump er war, wäre es nie so weit gekommen.

Pascoe sog die frische Seeluft tief in die Lungen ein. Frauen sind schon seltsame Geschöpfe. Er schüttelte verzweifelt den Kopf. Diese Yolande zum Beispiel: eine schöne, intelligente, attraktive Frau, eine Künstlerin - und doch hatte sie sich mit einem Mann wie diesem Mercer eingelassen. Und nun schämte sie sich. Wahrscheinlich war es mehr Scham als irgendein anderer Grund, der sie dazu trieb, die Fotos wiederzubekommen, selbst wenn sie zu diesem Zweck einen Fremden ins Vertrauen ziehen musste.

Darüber dachte Pascoe ein paar Minuten lang nach und überlegte sich, ob er ihr gegenüber nicht unfair war. Sie schämte sich ja nicht nur wegen ihres Benehmens, sondern versuchte ihren Fehler offenbar dadurch gutzumachen, dass sie die Beweise für Mercers Untreue vernichten wollte, damit Mercers Witwe nicht verletzt wurde.

Nicht zum ersten Mal kam Pascoe der Gedanke, dass er vielleicht von Anfang an gegenüber Yolande zu zynisch und abweisend gewesen war. Es hätte ihn schließlich nichts gekostet, ihr etwas mehr Sympathie, Verständnis und Freundlichkeit entgegenzubringen. Das hätte allerdings eine Schwächung der Barriere bedeutet, die er bewusst gegenüber allen schönen Frauen aufrichtete. Yasmine hatte ihm eine Lektion erteilt, die er nicht leichtfertig missachten wollte. Bisher war es ihm gelungen, sich von ähnlichen Affären fernzuhalten, aber er wusste, dass er doch sehr anfällig war. Manchmal lag er abends noch sehr lange wach und musste an Yolande denken.

Der Wind blies durch seine dünne Kleidung. Er fröstelte. Hier draußen am offenen Strand war es sehr kühl. Er drehte sich um und ließ sich von dem Wind in Richtung auf die Dünen treiben. Er spürte, wie ihm die Brise die Haare nach vorn trieb und an seinen Ärmeln zupfte. So überstieg er die erste Düne und rutschte auf der anderen Seite wieder hinunter. Dort war er geschützter. Die Sonnenwärme fing sich in den Mulden, und der Sand schimmerte grellweiß. Über ihm schienen im scharfen Südost die Kuppen der Dünen zu rauchen, während der uralte Wind Millionen von Sandkörnchen in immer gleichbleibendem Fluss vorwärtsbewegte.

Pascoe war froh, nicht mehr dem Wind ausgesetzt zu sein. Da es ihm eigentlich gar nicht darauf ankam, wohin er ging, stapfte er weiter durch den weichen Sand und gelangte allmählich landeinwärts. Dabei hielt er ungefähr eine Route ein, die ihn an die entfernte Seite der Lagune bringen musste.

Das Laufen war sehr anstrengend, aber es freute ihn, seine Muskeln einmal richtig durcharbeiten zu können. Wenn man Sorgen hat, ist es immer gut, sich körperlich anzustrengen. Er hielt sich möglichst in den Mulden der Wanderdünen, wandte sich einmal nach links, dann wieder nach rechts und folgte so dem Weg, den sie ihm aufzwangen. Es war fast, als tastete er sich durch einen komplizierten Irrgarten.

Tief in Gedanken versunken ging er weiter und folgte unwillkürlich der Spur eines anderen. Diese Fährte musste wohl eine fast magnetische Wirkung auf ihn ausüben; wenn ein Mensch durch eine ungemähte Wiese geht, dann folgen alle anderen unwillkürlich dem Zickzack seiner Spur.

Erst nach einer ganzen Weile wurde ihm bewusst, dass er einer Fährte folgte, und er blieb abrupt stehen. Er konnte nicht sagen, ob es die Spur eines Mannes oder einer Frau war. Der Sand war viel zu weich, um klare Eindrücke zurückzubehalten.

Nun wurde er neugierig. Er folgte der Fährte und fragte sich, wohin sie ihn wohl führen würde. Der Sand rutschte immer noch in die Vertiefungen nach, also musste die Spur relativ frisch sein. Pascoe hatte den Eindruck, als hätte der Mensch, dem er hier folgte, etwas zu verheimlichen gehabt. Er hatte sich nie in die Nähe der Dünenkuppen gewagt, sondern war immer an der tiefsten Stelle geblieben.

Und doch hatte diese Person ein ganz bestimmtes Ziel. Man merkte es daran, dass sie in dem Irrgarten niemals zögerte, sondern in gleichmäßigem Tempo einem unsichtbaren Pfad folgte und sich offenbar gut auskannte.

Dieser Pfad verlief trotz aller Windungen ungefähr parallel zur Küste, was Pascoe in der Überzeugung bestärkte, dass der Urheber der Fußabdrücke nicht gesehen werden wollte. Warum hatte er sonst nicht den leichteren Weg entlang der Küste genommen?

Nach fast einem Kilometer bog der Pfad plötzlich nach links ab und entfernte sich vom Meer. An dieser Stelle reichten die Dünen mehrere hundert Meter weit landeinwärts. Zuerst schienen die vom Wind geformten Sandgebilde an manchen Stellen glatt gerundet wie eine Frauenhüfte, an anderen waren sie voller Buckel und Wellen, nur von Schatten unterbrochen, aber allmählich schoben sich grüne Flecken dazwischen, die Vorboten von Dünengewächsen, die sich in eine feindliche Umgebung wagten.

Die älteren Dünen, aus denen der Winterregen bereits den Sand ausgespült hatte, waren den grünen Eindringlingen schon zum Opfer gefallen. Niedrige Büsche hielten sie fest und stabilisierten den Treibsand - und zwischen diesen Büschen erblickte Pascoe zum ersten Mal den Verfolgten.

Lex Pickard kletterte langsam und vorsichtig mit vorgeschobenem Kopf den Hügel hinauf. In der Nähe der höchsten Stelle legte er sich flach auf den Boden und kroch von Busch zu Busch, bis er einen Blick über die Kuppe werfen konnte.

Pascoe ging in Deckung. Ihn trieb jetzt die Neugier. Lex Pickards Verhalten war sehr verdächtig. Er hatte den ermüdenden und schwierigen Weg durch die Dünen auf sich genommen und sein Ziel auf einem weiten Umweg erreicht. Warum hatte er Angst davor, gesehen zu werden? Und was interessierte ihn jenseits dieser Hügelkuppe so sehr?

Lautlos kroch Pascoe weiter. Er wollte es herausfinden.

Achtes Kapitel

Als elfjähriger Junge war Pascoe einmal Zeuge einer der vielen Morde geworden, die sich jährlich auf dem Riff ereignen. Er war auf einer Schutthalde der Mine herumgeklettert. Sommergewitter hatten in die Flanken der Halde tiefe Schluchten eingegraben, und in einem dieser Canons suchte der junge Pascoe, unsichtbar für seine Umgebung, nach Goldstaub, weil er in seiner Unwissenheit hoffte, dass der Regen vielleicht ein paar Körnchen aus dem feinpulverisierten Staub gewaschen hatte.

Ganz in seine Suche vertieft, kletterte er immer höher hinauf, bis er schließlich in der Nähe Stimmen von Eingeborenen vernahm.

Er hatte geglaubt, allein auf dem von Menschen gebauten Berg zu sein und wurde sofort stocksteif. Sein Instinkt befahl ihm, sich zurückzuziehen und so leise wie möglich in die tiefe Rille hinunterzuklettern, die er heraufgekommen war, bis er weit genug entfernt war, sich aufrichten und davonlaufen zu können - aber die Neugier war stärker. Er stand auf einer natürlichen Stufe und richtete sich ganz vorsichtig auf, bis er über die Kante blicken konnte.

Der schwere Regen hatte einen Teil der Halde in der Nähe des Gipfels abrutschen lassen. So war eine ziemlich ebene Terrasse entstanden. Dort hatten sich vier Afrikaner versammelt, die mit dem Rücken zur Wand standen, um von unten nicht gesehen zu werden. Drei davon waren Minenarbeiter, deren Hosen in Gummistiefeln steckten. Ihre kraftvollen Schultern waren nackt und schweißbedeckt. Sie hatten eine junge Frau bei sich, die zwischen zweien der Männer stand, den Rücken an die fast senkrechte Wand gelehnt.

Der dritte Mann, der kräftiger war als die übrigen, stand ihr gegenüber und redete mit ihr, nicht sehr grob, aber dafür kühl und offenbar überzeugend; denn sie nickte einoder zweimal, als sei sie mit dem einverstanden, was er zu ihr sagte.

Der junge Steve Pascoe konnte sie alle von der Seite sehen. Und er war fasziniert. So fasziniert, dass er beinahe seine Angst vergaß. Die junge Frau war nackt. Nur zwischen ihren Brüsten hing ein glänzender Sicherheitsschlüssel, der vielleicht zu ihrem Quartier in irgendeiner Dienstbotenunterkunft gehörte. Die beiden Männer hielten sie an den Armen fest, und zwar ganz freundschaftlich, wie es Pascoe schien. Die junge Frau unternahm jedenfalls keinerlei Versuch, sich loszureißen.

Plötzlich bückte sich der untersetzte Neger, der bisher mit ihr geredet hatte, und zog etwas aus dem dicken Saum hinten an seinem Gummistiefel. Selbst jetzt ahnte Pascoe noch nichts Böses, da er in dem dünnen Draht nicht die spitz zugeschliffene Fahrradspeiche erkannte, die Lieblingswaffe mörderischer Halunken in den dichtbesiedelten Bantugebieten. Das Seltsame und Furchtbare daran war, dass die junge Frau nicht einmal schrie. Als die Spitze der Speiche ihre linke Brust berührte, senkte sie auch nicht den Blick. Der Scharfrichter zog die Lippen zurück und stieß zu. Die beiden anderen Männer ließen ihre Arme los, so dass sie nach vorn aufs Gesicht fiel. Ihre Hände mit den rosa Handflächen krallten sich blindlings in den Boden, und ihre Beine zuckten. Die Spitze der Fahrradspeiche, jetzt rot von ihrem Blut, ragte unterhalb ihres linken Schulterblattes heraus.

Ohne ein weiteres Wort und ohne einen letzten Blick auf die Leiche hatten sich die drei Männer entfernt und höchstwahrscheinlich ihr Quartier aufgesucht. Dort konnten sie in den Reihen der gesichtslosen Massen von Negern untertauchen, die in den Minen arbeiteten.

Der junge Pascoe hatte in seinem Versteck gehockt, sein Hemd klebte ihm am Rücken und sein Mund war wie ausgetrocknet vor Angst. Er hörte, wie sich die Schritte ihrer Gummistiefel rutschend und gleitend entfernten, aber er wusste, dass ihn das eisige Entsetzen dieser kaltblütigen Hinrichtung niemals wieder verlassen würde.

Während Pascoe nun von Busch zu Busch schlich und schräg auf das entfernte Ende der Düne zu kletterte, erinnerte er sich wieder sehr lebhaft an jenen Tag. Er sah den klarblauen Himmel über dem Hochland vor sich und spürte die warme Sonne auf seinem Rücken.

Nach dem Mord hatte die Polizei ihn Wochen- und monatelang zu Identifizierungen geholt, aber es war ihm nie gelungen, jemanden wiederzuerkennen. Die Gesichtszüge der Mörder waren aus seiner Erinnerung verschwunden, doch an das Gesicht und die Gestalt der jungen Frau erinnerte er sich auch heute noch in aller Deutlichkeit.

Nun hatte er die Hügelkuppe erreicht. Nur ein herb duftender Strauch versperrte ihm noch den Blick. Behutsam schob er sich um das Hindernis herum. Dahinter befand sich eine weitere Düne, die niedriger war als diejenige, auf der er lag, und die Mulde dazwischen war mit Buschwerk bestanden. An der tiefsten Stelle war eine Lichtung wie eine kleine Arena mit sandigem Boden freigeblieben.

Der Wind legte sich vorübergehend. Pascoe blinzelte in die Mulde hinunter. Kein Geräusch, keine Bewegung, kein Lebenszeichen war zu bemerken. Von dieser Stelle aus war ein Teil der Mulde seinem Blick entzogen. Er ließ sich zurückgleiten und schlich auf ein anderes Gebüsch zu, das dem Versteck Lex Pickards näher lag. Als er es erreicht hatte, kroch er wieder nach oben und spähte in die Mulde hinab.

Unbewusst krallten sich seine Finger in den Sand, bis er zwei Handvoll davon festhielt. Er hätte es sich denken können! Was sonst hätte einen Mann wie Lex veranlassen können, in der Nachmittagshitze durch die Dünen zu schleichen? Und was bedeutete es? Wieviel von seinem Charakter enthüllte es? Freud behauptete, dass den meisten Dingen im Leben der Geschlechtstrieb zugrunde liege und dass er zumindest auslösend auf das menschliche Verhalten ein wirke.

Dieser Trieb konnte das Motiv für den Mord an Mercer gewesen sein: vergebliches Verlangen. Lex hatte sich offenbar in Yolande verliebt, er war verzaubert von ihr. Und Desmond Mercer war ihr Liebhaber, der da Erfolg hatte, wo Lex keinen Schritt weiterkam, und ihn mit eifersüchtigem Hass erfüllte, ihn vielleicht in den eigenen Augen gar noch erniedrigte.

Lex hatte zwar behauptet, Mercer nie begegnet zu sein, doch die Wahrheit dieser Aussage ließ sich anzweifeln. Vielleicht hatte er es so eingerichtet, dass Mercer auf der Rückfahrt von den Fischgründen Südafrikas in die Witkop-Bucht einlief, vielleicht hatte er ihn mit irgendeinem lukrativen Angebot angelockt, das innerhalb oder außerhalb der Grenzen des Erlaubten liegen mochte. Pascoe blinzelte in die Mulde hinunter und schluckte hart. Dort stand Yolande im Sonnenschein, die eine Hand lässig auf die Hüfte gestützt, die Spur eines Lächelns spielte um ihre Lippen. Sie trug einen gelben Strohhut mit breiter Krempe, sonst nichts. Ihr Körper war von derselben lebendigen Schönheit wie ihr Gesicht. Ihr Gesicht war golden getönt. Um die Schultern hing ihr wie ein Schleier aus schwarzer Seide das Haar, und ein Dreieck von derselben Farbe schimmerte zwischen ihren Schenkeln. Auch ihre Brüste wirkten seidig und glatt, als hätte jemand auch den kleinsten Makel wegretuschiert.

»Hast du was dagegen, wenn ich mich jetzt bewege?«, fragte sie und reckte sich, ohne auf die Antwort zu warten.

»Ach, Yolande, nun warte doch noch eine Minute. Du bist immer so ungeduldig.«

Das war Isobels Stimme. Isobel und Sally saßen im Schatten, die Skizzenblöcke auf den Knien. Auch sie waren nackt.

Pascoe sagte sich, dass ihre Nacktheit in irgendeinem Nachtlokal im Schein greller Scheinwerfer wahrscheinlich herausfordernd und aufreizend gewirkt hätte, aber hier zwischen den grünen Büschen, vor dem Hintergrund des weißen Bandes, wirkte sie ganz natürlich - wie ein Bild von seltener Schönheit.

Er war sicherlich nicht prüde, aber dieser Anblick interessierte ihn im Augenblick weniger als der Gedanke, ungesehen von hier fortzukommen. Er hatte nicht die Absicht, den Mädchen nachzuspionieren, die sich hier im

Freien gegenseitig skizzierten, und für einen Schlüsselloch-gucker hatte er nur Verachtung übrig.

Geräuschlos zog sich Pascoe zurück und suchte sich zwischen den Dünen den Weg zum Strand. Lex war offenbar nicht zum ersten Mal in diesem Versteck, von dem aus er die Arena überblicken konnte. Wahrscheinlich bedeutete es für ihn eine Art sexueller Befriedigung, die Mädchen heimlich zu beobachten.

Der Nachmittag war also doch nicht ganz vergeudet. Er hatte Pascoe eine weitere Seite von Lex Pickards vielschichtiger Persönlichkeit enthüllt. Der Mann war offenbar ein einsamer, möglicherweise impotenter Voyeur in mittleren Jahren, und Pascoes Verachtung verwandelte sich in Mitleid.

Wenn Lex sich zwischen den Dünen auf den Rückweg machte, musste er über die zweite Spur stolpern. Dann würde ihm klar sein, dass er verfolgt worden war, dass jemand sein Geheimnis entdeckt hatte. Und es würde ihm nicht schwerfallen, herauszufinden, dass dieser Jemand Steve Pascoe hieß.

Sehr nachdenklich wanderte Pascoe an der Küste entlang zu der Stelle, wo er das Dinghi zurückgelassen hatte. Er ruderte zur Insel Witkop hinüber. Tony kontrollierte die Taucheranzüge und flickte hier und da einen kleinen Riss. Van und Mython seien zur Farm gegangen, sagte er, um mit der Demontage der Maschine zu beginnen. Die beiden waren Mechaniker. Es freute Pascoe ganz besonders, dass sie aus eigenem Antrieb mit dieser Arbeit begonnen hatten.

»Und Wally?«, fragte er mit hochgezogenen Augenbrauen.

»Der ist auch an Land gegangen und hat seine Angel mitgenommen. Ich habe ihm gesagt, er soll ein paar *Galjoen* mitbringen.«

Diese rundbäuchigen Fische, deren seltsame Form die frühen holländischen Siedler an ihre plumpen Galeonen erinnerte, schmeckten besonders dann sehr gut, wenn man ihr weiches, etwas öliges Fleisch mit dem typischen Netz winziger dunkler Adern über einem offenen Feuer grillte.

»Bei dem Wind wird er wahrscheinlich nichts fangen«, sagte Pascoe. Der Südost heulte wieder. Pascoe griff nach einem Zirkel, der neben einem halben Dutzend anderer verrosteter und vom Wasser beschädigter Gegenstände auf dem Tisch vor der Hütte lag. »Was soll der Kram?«

Tony sah von seiner Arbeit auf. »Das Zeug hat Mython heute Morgen mit heraufgebracht. Er muss es gefunden haben, als er die Leiche holte.«

Unter diesen Gegenständen befanden sich ein Füllhalter, eine Schere, ein Aschenbecher aus Rosenquarz, ein billiges verchromtes Feuerzeug und ein Brillenetui, dessen Stoffhülle sich ablöste. Pascoe öffnete es. Es war leer. Er fand ein Etikett mit der Firma eines Optikers aus Kapstadt. Ein Name war nicht vorhanden, aber Pascoe konnte mit Mühe eine Seriennummer entziffern.

Da fiel ihm wieder etwas ein: Er hatte Mercer zuletzt im Hafenrestaurant gesehen. Mercer schlang sein Essen hinunter und las dabei gleichzeitig einen Taschenkrimi. Mit seinen Augen schien alles zu stimmen.

»Ich glaube, ich trinke ein Bier, Tony«, sagte Pascoe. »Dann gehe ich hinauf zur Farm und sehe nach, wie die Jungs vorankommen.«

Ganz unauffällig schob er das Brillenetui in die Tasche.

»Der Master ist weg, Master.« Das farbige Hausmädchen stand in der Tür und sah ihn aus dunklen, leuchtenden Augen an. Sie trug eine schwarze Tracht mit einem engen Gürtel um ihre schmale Taille und eine winzige weiße Schürze aus Spitze davor.

Pascoe hob die Augenbrauen. »Ist er in die Stadt gefahren, Nellie?«

»Nein, er muss irgendwo auf der Farm sein. Wahrscheinlich kontrolliert er den neuen Zaun.«

»Ach so.« Pascoe lächelte sie an. »Darf ich vielleicht einmal telefonieren?«

»Ja, Master.« Sie senkte den Blick und trat beiseite. Im Vorbeigehen streifte sein bloßer Arm ihren Busen. Offenbar war sie doch nicht weit genug beiseitegetreten.

»Entschuldigung«, murmelte er.

Ihr leises Lachen bestätigte seinen Verdacht.

Das Telefon befand sich am Ende des Flurs. Er griff nach dem Telefon Verzeichnis und fand die gewünschte Nummer. Das Mädchen zögerte noch einen Augenblick, ließ ihn dann aber allein.

»Guten Tag«, sagte er, als er schließlich Kapstadt in der Leitung hatte. »Ich habe ein Brillenetui Ihrer Firma gefunden und möchte es gern dem rechtmäßigen Besitzer zurückgeben. Würden Sie so freundlich seift und die Nummer nachsehen? Es handelt sich um 2830/268. Ja, das stimmt, ich bleibe am Apparat.«

Die Registratur des Optikers schien großartig zu funktionieren. Er meldete sich schon wenige Augenblicke später wieder.

»Das Etui gehört einem Mr. Alexander Pickard von der Farm Duinfontein in der Nähe der Witkop-Bucht.«

»Herzlichen Dank, ich sorge dafür, dass er es wiederbekommt.«

Pascoe hörte einen Klick in der Leitung. Er wollte gerade auflegen, da hörte er einen zweiten Klick. Leise fluchend über seine mangelnde Vorsicht starrte er zum hinteren Teil des Hauses.

Das Mädchen musste an einem zweiten Apparat jedes seiner Worte mitgehört haben. Jetzt würde sie ihrem Herrn erzählen, dass Pascoe sein Brillenetui gefunden hatte. Lex war kein Narr. Er würde sich daran erinnern, dass er es in der Nacht verloren hatte, als Mercer ermordet wurde, und dass es höchstwahrscheinlich nur in der Kabine des Toten gelegen haben konnte.

Das Etui war ein wichtiges Beweisstück und hätte zweifellos gleich der Polizei übergeben werden sollen. Aber damit hätte er Yolande in die Sache hineingezogen. Diesen Wirbel um ihre Person wollte er gern vermeiden. Seit Mercers Tod hatte sie schon genug mitgemacht.

Pascoe beschloss, vorläufig nichts über das Brillenetui verlauten zu lassen, aber auf der Hut zu sein und Pickards nächsten Schritt abzuwarten.

Neuntes Kapitel

»Erzählen Sie mir etwas von Lex.«

Es war am darauffolgenden Nachmittag. Alle anderen waren an Land gegangen, und Pascoe musste auf der Insel Witkop allein die Stellung halten. Er war sonst sehr gern allein, aber der Tod Desmond Mercers lag ihm schwer auf der Seele, und so war er froh über jede Abwechslung.

Sie kam in Gestalt eines jungen Mädchens zu ihm – eines Mädchens in einem scharlachroten Bikini das zu ihm herausgeschwommen war, obgleich der Südost kaltes Wasser in die Bucht getrieben hatte.

Nun saßen sie auf der sonnigen Felsenplattform, geschützt vor dem Wind. Yolande hatte die Beine wie ein Jogi untergeschlagen, hockte kerzengerade aufgerichtet da und kämmte sich mit den Fingern beider Hände durch ihr nasses, schwarzes Haar. Pascoe saß ihr gegenüber und hatte die Arme um die Knie geschlungen.

»Lex?« Die grauen, mandelförmigen Augen sahen ihn neugierig an. »Warum machen Sie sich solche Gedanken um Lex, Steve?«

»Ich möchte nur gern wissen, was für ein Mensch er ist.«

Sie verschränkte die Arme unter ihrem reizvollen Busen und hob ihn dabei leicht an.

»Ich kann Ihnen eigentlich nichts über Lex erzählen, ohne von mir zu sprechen.«

Er stützte das Kinn auf die Knie und sah ihr ins Gesicht. »Das macht die Sache noch interessanter.«

»Meinen Sie das ernst?« Sie legte den Kopf schief.

»Ich meine es ernst.«

»Sie interessieren sich wirklich für mich, Steve?«

»Ich bin doch nicht aus Stein«, sagte er. »Aber sprechen wir über Lex. Seit wann kennen Sie ihn?«

»Seit meiner frühesten Jugend. Er war damals sehr eng mit meiner Mutter befreundet. Nach ihrer Scheidung verbrachten wir gelegentlich unsere Ferien bei ihm.«

Im Ton ihrer Stimme lag etwas Trauriges, das ihn aufhorchen ließ.

»Das stimmt wirklich, Steve.« Ihre Worte überstürzten sich. »Es war nur so... Nun, Lex war damals nicht ganz in Ordnung. Sie wissen ja - der Krieg. Er hatte eine Menge durchgemacht, und seine Nerven sparen ruiniert. Oft wachte er mit einem Schrei mitten in der Nacht auf, und manchmal wurde er dann ungehalten.« Sie schüttelte sich ein wenig. »Ich hatte etwas Angst vor ihm, obgleich es dafür allerdings keinen Grund gab«, fügte sie hastig hinzu. »Er war immer schrecklich nett zu mir, Steve, besonders als ich halbwegs erwachsen war.«

»Darf ich Ihnen eine sehr persönliche Frage stellen? Liebte er Ihre Mutter?«

Sie zögerte.

»Komisch, dass Sie mich das fragen, Steve. Ich habe mir diese Frage oft selbst gestellt. Als Kind habe ich natürlich nicht viel darüber nachgedacht. Aber wenn ich mich jetzt zurückerinnere, so scheint es mir, dass er sich immer mehr für mich interessiert hat.«

»Interessiert?« Er sah sie stirnrunzelnd an.

»Ich sollte wohl eher sagen, dass er mich fast als sein Eigentum betrachtete. Wenn es um mich ging, konnte er schrecklich eifersüchtig sein. Selbst meiner Mutter gegenüber. Ja, das stimmt.« Sie nickte. »Ich weiß noch, dass ich einmal zu einer Geburtstagsparty ein gelbes Kleid trug, das meine Mutter mir genäht hatte, und nicht das gestickte blaue Seidenkleid, das er mir kaufte. Er wurde wütend, aber nicht auf mich, sondern auf meine Mutter. Es gab eine schreckliche Szene.« Sie schloss die Augen. »Ich weiß es immer noch ganz genau.«

Damit wurde Pascoes eigener Verdacht bestätigt. Lex war charakterlich labil, wahrscheinlich aufgrund von Kriegserlebnissen. Wenn ihn schon das Verhältnis Mutter-Tochter so eifersüchtig machte, wie musste er dann erst auf Yolandes Liaison mit Desmond Mercer reagiert haben.

»Was wurde eigentlich aus Ihrer Mutter, Yolande?«, fragte er plötzlich.

»Sie heiratete zum zweiten Mal, als ich fünfzehn war.«

»Eine gute Ehe?«

Sie zuckte nur die Achseln. »Sie leben immer noch zusammen, falls Sie das meinen. Er ist Schichtführer in der Kupfermine.«

»Das ist doch ein guter Job, nicht wahr?«

»Sie hätte eine weitaus bessere Partie machen können, Steve, aber sie war schon immer hoffnungslos unpraktisch veranlagt. Mein Vater besaß keinen roten Heller.«

»Und was geschah mit ihm?«

»Nach der Scheidung kam er bei einem Autounfall ums Leben.«

»Das tut mir leid«, murmelte er leise.

Dasselbe Achselzucken. »Ich habe ihn ja kaum gekannt.«

»Dann hat also Ihr Stiefvater Ihnen den Besuch der Kunstakademie ermöglicht?«

»Nein, das tat Lex.«

»Das war sehr großzügig von ihm.«

»Ach, die Sache hatte auch ihren Haken«, antwortete sie. »Er erwartete von mir, dass ich meine Ferien immer hier auf der Farm verbrachte.«

Er sah sie von der Seite an. »Und war das eine solche Zumutung?«

Sie lächelte ein bisschen beschämt. »Hätte es eigentlich nicht sein dürfen, Steve, und es klingt auch undankbar, wenn ich das jetzt behaupte, aber es war wirklich schwer, Steve.« Sie hielt seinem Blick stand. »Sehen Sie, ich war ein Teenager und wollte flügge werden, aber Lex ließ mich nicht aus den Augen. Er sagte, dass er an mir Vaterstelle zu vertreten hätte, aber in Wirklichkeit war es nicht ganz so.«

»Wie war es dann, Yolande?«

Sie senkte den Blick und biss sich auf ihre volle Unterlippe.

»Ich weiß nicht recht, wie ich es beschreiben soll, Steve. Als ich älter wurde, hatte ich den Eindruck, dass an unserer Beziehung zueinander etwas seltsam und sogar ein wenig beängstigend war. Die Sache bekam einen sexuellen Beigeschmack.« Sie sah ihn sehr ernst an. »Ich weiß, dass ich mich falsch ausdrücke, und wahrscheinlich bin ich Lex gegenüber hoffnungslos unfair. Er ist mir gegenüber niemals anzüglich geworden, und trotzdem fühlte ich mich in seiner Nähe nicht wohl. Bei seinen ständigen Fragen und der ununterbrochenen Überwachung kam ich mir vor wie ein Insekt unter einem Mikroskop. Es war, als würde er mich körperlich und seelisch nackt ausziehen.«

»Mein armer Schatz.« Pascoe war von ihren Worten wirklich gerührt. Damit wurde manches bestätigt, anderes verständlich. Beispielsweise ihre heftige Affäre mit Mercer.

Pascoe konnte jetzt verstehen, warum der Mann sie so angezogen hatte. Der vitale und romantische Trawler-Kapitän war das genaue Gegenteil von dem gebildeten, eleganten, geheimnisvollen und furchtbar eifersüchtigen Lex gewesen.

Pascoe stand auf, reichte ihr beide Hände und zog sie hoch. Für einen Augenblick standen sie einander gegenüber. Sie legte den Kopf zurück und öffnete die Lippen. Er spürte, wie sich sein Blut regte.

»Kommen Sie«, sagte er knapp, »stellen wir den Kessel aufs Feuer. Bei einer Tasse Tee kann man sich herrlich beruhigen.«

Danach kletterten sie zusammen den Felsen hinauf, bis fast zu den Guano-Resten in der Nähe des Gipfels. Es wehte ein kühler Wind. Plötzlich schauderte sie. Er legte ihr den Arm um die Schultern, und sie kuschelte sich eng an ihn.

»Was ist das?«, fragte sie und zeigte auf einen grauen Dunstschleier am südlichen Horizont.

»Wolken, abends wird der Himmel bedeckt sein.«

»Ein Südost?«

Er nickte.

»Wenn der Wind nicht so furchtbar wäre, hättet ihr die Arbeit an dem Wrack inzwischen beendet«, sagte sie.

Er sah sie von der Seite an. »Sie meinen, wenn es nicht um ihre vermaledeite Kiste ginge.«

»Ach, Steve.« Sie schlang ihren Arm um seine Hüfte. »Wenn Sie so reden, komme ich mir schrecklich vor.«

»Das brauchen Sie nicht, ich hab's nicht ernst gemeint. Sobald sich der Wind legt, schließen wir die Sache ab, und Sie können wieder beruhigt sein.«

»Ich weiß nicht, wie ich Ihnen jemals dafür danken soll.«

»Machen Sie sich darum keine Gedanken.«

»Ich kann aber nicht anders. Schließlich wagen Sie Ihr Leben...«

»Wir passen schon gut auf uns auf, Yolande. Sehen Sie, wir tauchen ja nur, wenn die Bedingungen es erlauben.«

Sie sah ihn mit erstaunt hochgezogenen Augenbrauen an. »Ich dachte immer, da unten wäre das Wasser völlig ruhig?«

»Ist es auch, wenn man erst einmal die Wellen und die Oberflächenströmungen hinter sich hat. Aber wir müssen von einem verankerten Boot aus arbeiten und sind durch unsere Luftschläuche damit verbunden. Deshalb brauchen wir halbwegs ruhiges Wasser. Auch den Seetang dürfen wir nicht vergessen. Er ist tückisch, wenn er hin und her schwankt.«

Ihr Arm umfasste ihn für eine Sekunde fester. »Ich möchte nicht, dass Sie irgendein Risiko eingehen, Steve«, flüsterte sie.

Sie kletterten wieder hinunter auf das Felsband vor der Hütte. Hier gab es im Schutz der steilen Felsen eine warme sonnige Ecke, wo sie sich nebeneinander auf ihre Handtücher legten. Pascoe entspannte sich ganz bewusst. Es war schon lange her, seit er sich über die Gesellschaft: einer Frau so sehr gefreut hatte - es war lange her, seit er sich zum letzten Mal so angeregt und zugleich so zufrieden gefühlt hatte.

»Steve?«

Er stützte sich auf den Ellbogen und sah auf sie hinab. Sie lag mit halbgeschlossenen Augen auf dem Rücken.

»Was ist, Yolande?« Wider Willen zitterte seine Stimme ein wenig.

Sie hob die Hand und glättete mit dem Finger seine zerzausten Augenbrauen. »Du bist sehr lieb zu mir«, sagte sie leise.

Er beugte sich ganz sanft über sie und küsste sie auf die Lippen. Es sollte eigentlich ein keuscher, brüderlicher Kuss daraus werden, nur ein leichtes Berühren ihrer Lippen, aber ihre Arme schlangen sich um seinen Nacken und zogen ihn zu sich herunter. Gleich darauf teilten sich ihre Lippen. So küssten sie einander leidenschaftlich, und seine Arme hielten sie fest.

Schließlich hob er den Kopf. Sie sah ihn beinahe erstaunt an, und ihr Mund drückte fast so etwas wie Schmerz aus.

»Steve!«

»Du weißt gar nicht, was du mir an tust, Yolande.«

»Und du mir«, flüsterte sie. Dann schloss sie die Augen und zog sein Gesicht wieder zu ihrem herab.

»Ich denke, wir sollten noch einmal schwimmen gehen, bevor die Sonne untergeht«, sagte er schließlich und gab sich alle Mühe, seine Stimme sachlich und ruhig klingen zu lassen.

»Gute Idee, Steve.«

Er bemerkte wieder das gewohnte ironische Funkeln in ihren Augen.

Als sie aus dem Wasser kamen, lag der größte Teil des Felsenabsatzes bereits im Schatten. Yolande zitterte und griff nach ihrem Handtuch.

»Geh in die Hütte und trockne dich ab«, befahl Pascoe. »Hinter der Tür hängt ein Pullover von mir. Zieh ihn über. Ich hatte vergessen, dass du nichts weiter mithast.«

Ein paar Minuten später sah er sie in der offenen Tür stehen. Sie hielt den Kopf schräg und trocknete ihr langes, schwarzes Haar. Sie ertrank beinahe in seinem Pullover. Die derbe, weiße Wolle reichte ihr wie ein Minirock bis an die Hüften, aber auf seltsame Weise betonte gerade dieses männliche Kleidungsstück die Grazie ihrer Haltung.

Er fand diese Aufmachung unwahrscheinlich sexy. Dann sah er, dass sie ihren Bikini zum Trocknen aufgehängt hatte. Die Erkenntnis kam ihm fast wie ein Schock: Unter dem rauen Wollpullover trug sie nur nackte Haut.

»Er kitzelt«, sagte sie, hielt mit dem Haartrocknen inne und lächelte ihn an. »Aber ansonsten kann ich mich nicht beklagen.«

»Du siehst großartig aus.«

Sie schnitt ein Gesicht. »So? Du weißt ganz genau, dass ich plump wie eine Bäuerin aussehe. Wann erwartest du die anderen zurück?«

»Keine Ahnung.« Der Gedanke, dass sie ihn verlassen wollte, schmerzte ihn. »Hast du es denn so eilig?«

Sie schüttelte den Kopf. »Ich hatte gehofft, dass ich hierbleiben und dir ein Abendessen herrichten darf.«

»Yolande, du bist wirklich ein seltsames Mädchen«, sagte er. »Ich werde aus dir nicht schlau. Manchmal bist du so selbstsicher und überlegen und dann...«

»Das ist nur eine Pose«, unterbrach sie ihn fröhlich. »Im Grunde genommen bin ich nichts weiter als eine ganz einfache junge Frau, die nichts lieber täte, als am Strand zu sitzen und ein Glas Bier zu trinken, während die Sonne untergeht, und dann vielleicht im Sternenschein Würstchen und Eier zu essen.«

»Ich fürchte, das mit den Sternen wird schwierig.« Pascoe sah hinauf zum Himmel, der sich verdunkelte. »Alles andere lässt sich einrichten.«

Sie saßen nebeneinander am Strand, die Ellbogen aufgestützt. Durch Yolandes Fragen ermutigt, erzählte Pascoe von seinen Plänen für ein größeres Schiff, mit dem er Bergungsaktionen sowohl an der Ostküste als auch an der Westküste übernehmen konnte.

»Und du hast noch nie daran gedacht, sesshaft zu werden, Steve?« Das klang betont beiläufig.

Er zögerte. Er hatte sich so sehr gewünscht, mit Yasmine sesshaft zu werden, und war sogar bereit gewesen, irgendeinen Job an Land zu übernehmen, aber sie hatte ihn wegen dieser Idee nur ausgelacht. *Wir sind noch beide jung, genießen wir das Leben.* Das war immer ihre Haltung gewesen.

Er hatte noch etwas von einem Puritaner an sich. Das illegale Liebesverhältnis hatte ihn mit einem Schuldgefühl erfüllt, und er wollte sie heiraten, um sein Gewissen zu beruhigen. Aber sie hatte ihm nur ins Gesicht gelacht. *Heiraten? Das ist etwas für die Vögel, mein Liebling. Gehen wir zu Bett.*

»Ein fester Stützpunkt irgendwo an Land wäre nicht übel, Yolande«, sagte er vorsichtig.

»Eins der alten Häuser am Blouberg-Strand?«

Er nickte. Ihre Begeisterung mahnte ihn zur Vorsicht. »Ja, so ungefähr.«

»Dort möchte ich auch gern leben. Die Gegend ist herrlich, vor allem der schöne Tafelberg im Hintergrund. Dort gibt es so viel zu malen.«

»Ich dachte, deine Spezialität seien Porträts?«

Sie lächelte. »Ich würde auch Porträts malen. Mit deinem könnte ich anfangen. Bei meinen Aufträgen handelt es sich hauptsächlich um Kinderporträts.«

»Magst du sie denn? Die Kinder meine ich.«

Sie antwortete ernsthaft: »Als Künstlerin finde ich sie nicht so interessant. Ihre Gesichter sind in der Regel viel zu hübsch und zu unreif. Ich interessiere mich mehr für den menschlichen Charakter. Deshalb male ich auch am liebsten ältere Leute.«

»Die Krone des Lebens«, meinte er.

»Genau.«

»Hast du schon einmal Lex gemalt?«

Sie zog die Augenbrauen zusammen und sah in ihr Bierglas. »Er hat mich oft genug darum gebeten, aber ich habe immer wieder Ausflüchte gefunden. Ich weiß auch nicht, warum, aber der Gedanke schreckt mich, sein Porträt malen zu müssen. Ich kann mich nicht allein auf die Ähnlichkeit konzentrieren, es wird bestimmt noch etwas anderes mit durchkommen - etwas, was nicht sehr schmeichelhaft ist, fürchte ich.«

»Hörner und ein Schweif?« Das war ironisch gemeint, aber sie nahm es ernst.

»So auffällig vielleicht nicht, Steve, aber ungefähr in dieser Richtung.«

Er erinnerte sich, was Isobel über Yolandes Porträts gesagt hatte: Sie seien zu glatt und zu oberflächlich. Offenbar irrte sich Isobel.

»Noch ein Bier, Yolande?« Er stach vorsichtig zwei Löcher in eine Dose und achtete darauf, dass es nicht überschäumte.

Sie hielt ihm das halbleere Glas hin. »Gieß ruhig etwas nach, Steve. Es ist einfach schön, hier zu sitzen und dem Wind und dem Meer zuzuhören.«

»Frierst du nicht?«

»In deinem dicken Pullover?«

Ihre dunklen Augen schimmerten in dem dahinschwindenden Licht. Sie neckte ihn, weil er wissen musste, dass sie unter der warmen Wolle nackt war.

Für Steve Pascoe, der sich so lange von Frauen ferngehalten hatte, war das ein höchst verwirrender Gedanke.

Allmählich wurde es dunkel. Nur gelegentlich funkelte ein Stern durch eine Lücke in der Wolkendecke. In einer Entfernung von zwei Seemeilen zeigte eine Reihe golden leuchtender Bullaugen an, dass ein Passagierdämpfer vorüberzog. Sie folgten ihm mit den Blicken, bis er hinter dem massiven Schatten der Insel Witkop verschwunden war.

Pascoe trank sein Glas leer und stand auf. »Wie steht's mit dem Essen?« Er legte ihr die Hand auf die Schulter.

»Gute Idee, heute lässt du mich kochen.«

Es war so dunkel, dass er gegen sie stolperte. Plötzlich lag sie in seinen Armen. Er hielt sie voll Leidenschaft fest und fühlte, wie die raue Wolle über die bloße Haut glitt. Ihre Hüfte war wie Seide. Er spürte, wie sich unter seiner Liebkosung die Muskeln strafften.

»Liebling.«

Er küsste ihre Lippen, hielt sie fest in seinen Armen und widerstand der Versuchung, die Erkundung weiter auszudehnen. Ihre Lippen waren weich und willig. Schließlich legte sie beide Hände gegen seine Brust und stieß ihn weg.

»Zuerst das Essen«, sagte sie bestimmt.

Essen war das allerletzte, woran er in diesem Augenblick dachte, aber seine Hände sanken hinab.

»Ich zünde die Lampe an.«

Im Schein des aufflackernden Streichholzes leuchtete ihr Gesicht auf. Sie lächelte ein wenig. Seine Hand zitterte, als er die Flamme an den Docht führte. Ein Kreis bläulicher Flammen breitete sich aus. Er warf das Streichholz ins Freie, und der Geruch nach verbranntem Phosphor überlagerte den leisen Guano-Duft.

An diesen Augenblick werde ich mich immer erinnern, wenn ich in Zukunft ein Streichholz anreiße, dachte er.

Das Lampenlicht breitete sich aus.

»Eine hübsche Lampe, Steve.«

»Sie wird die anderen anlocken.«

»Das klingt fast, als wolltest du sie nicht hierhaben.«

Zwischen ihnen stand die Lampe und beleuchtete von unten her ihre Gesichter.

»Willst du denn?«, fragte er.

Sie schüttelte ganz langsam den Kopf. »Jedenfalls erst sehr viel später.«

Das Versprechen in ihren Augen ließ sein Herz schneller schlagen.

Sie machte Spiegeleier, ohne dabei den Dotter zu zerstören. In Pascoes Augen war das ein gewaltiger Pluspunkt. Dann saßen sie einander in der Hütte am schmalen Tisch gegenüber. Ihre Knie berührten sich.

»Schmeckt es, Steve?«

Es schmeckte ihm, auch wenn gerade in der Gemütlichkeit eine Art Qual verborgen lag. Vorfreude ist etwas Wunderbares.

»Kaffee?«, fragte er nachher und hoffte, dass sie ablehnen würde.

»Bitte.«

Die wenigen Minuten machten auch nichts mehr aus. Er stellte die Kaffeemaschine aufs Feuer. Um sich die Zeit zu vertreiben, spülten sie das Geschirr

»Möchtest du einen kleinen Brandy zum Kaffee, Yolande?«

»Ich glaube nicht, Steve.«

Er goss sich einen Schluck ein, weil er glaubte, damit seine Nerven beruhigen zu können.

Sie saßen nebeneinander und schlürften bedächtig ihren Kaffee. Dabei genossen sie eigentlich nicht das, was sie tranken, sondern den Gedanken an den Rest dieser Nacht. Schließlich stellte Yolande die leere Tasse weg.

»Noch einen Schluck?«

Sie schüttelte mit leuchtenden Augen den Kopf. Sehr behutsam nahm er sie in die Arme und küsste sie.

»Ich fürchte fast, dass ich auf dem besten Wege bin, mich in dich zu verlieben«, sagte er mit einiger Mühe.

Sie legte ihm die Hand an die Wange. »Steve, das brauchst du nicht zu sagen.«

»Es ist aber die Wahrheit. Seit ich damals aufwachte und dich in deinem Bikini vor mir stehen sah, muss ich immer nur an dich denken.«

»Mir ist, als wäre das schon so lange her«, sagte sie verträumt. »Und dabei sind es doch erst ein paar Tage.«

Wie ein Spuk huschte alles vor seinem inneren Auge vorbei, was sich inzwischen ereignet hatte: der Luftschlauch, der sich im Tang verfangen hatte, ein Zwischenfall, der ihm fast das Leben kostete und ihn auf die Gefahren ringsum hin wies; die Überreste von Mercers Leiche mit dem Messer zwischen den fleischlosen Rippen; der im Dunkel stolpernde Wally, als das Stück Treibholz ihn getroffen hatte; der dunkelhäutige du Plessis mit seiner Selbstsicherheit; Lex, wie er durch die Dünen schlich; Yolande im hellen Sonnenschein, das Gesicht im Schatten des breitrandigen Strohhuts...

»Ja, erst ein paar Tage«, wiederholte er, starrte sie an und sah sie wieder nackt vor sich stehen.

»Woran denkst du jetzt, Steve?«

Er schluckte. »Mir fällt so manches ein, was sich inzwischen ereignet hat...«

»Gutes oder Böses?«

»Beides.«

Sie sagte leise und fast erstaunt: »Ich werde diesen Nachmittag und den Abend mit dir niemals vergessen.«

»Liebling, sag das nicht.« Er brachte die Worte kaum hervor.

Dann beugte er sich über sie und küsste sie. Ihr Kopf sank zurück auf das Kissen. Wortlos hob er ihre Beine auf die Pritsche. Sie legte sich ein wenig bequemer. Dann saß er neben ihr und sah sie nur von der Hüfte aufwärts, aber er war sich ihrer bloßen Beine und des hochgerutschten Pullovers nur allzu sehr bewusst.

Die raue Wolle verhüllte jetzt nicht mehr ihre Figur, sondern betonte sie. Fast ehrfürchtig strich er mit der Hand darüber. Auf ihrem Gesicht lag ein gespanntes Lächeln. Sie legte ihre Hand auf seine, nicht abwehrend, sondern vielmehr ermunternd.

Er hielt den Atem an, als sie dann seine Hand zwischen Wolle und warme Haut führte. Sein Blick ließ den ihren nicht los. Ihre Brust hob und senkte sich, als seine Hand leise darüber glitt, und er spürte, wie sie sich ihm entgegenwölbte.

»Steve.« Sie sah zum Tisch hinüber. »Die Lampe.«

Sie hatte kaum ausgesprochen, da sah er plötzlich das Weiße in ihren entsetzt aufgerissenen Augen und hörte ihren keuchenden Atemzug.

»Was ist denn?«

Er fuhr herum. Dort vom Fenster eingerahmt war das Gesicht erschienen. Das Gesicht eines Mannes, der seit langem tot war, mit strähnigem schwarzem Haar, die Lippen grinsend von den unebenen Zähnen zurückgezogen, die Augenschlitze tief eingesunken, die Backen hohl...

Pascoe sprang von der Pritsche auf. Da fand Yolande ihre Stimme wieder und stieß einen gellenden Schrei aus.

Zehntes Kapitel

Im gleichen Augenblick verschwand das Gesicht. Neben dem Kocher lag ein Messer. Er packte es.

»Bleib hier«, rief er Yolande heiser zu und schlich zur Tür.

Eilig ging er zur Rückseite der Hütte und hielt das Messer stoßbereit in der Rechten. Wie schon beim letzten Mal lag die vier Meter breite freie Fläche zwischen der Hütte und der aufragenden Klippe leer und verlassen da, beleuchtet von dem Lichtschein, der aus dem Fenster fiel. Nur der säuerliche Geruch war wieder vorhanden, der Pascoe an ein Grab erinnert hatte.

Er blieb für einen Augenblick reglos stehen und spürte, wie sich die Haare in seinem Nacken aufstellten. Dann legte er den Kopf zurück, konnte aber gegen den sternlosen Himmel die Oberkante der Klippe nicht erkennen. Selbst mit einer Strickleiter hätte kein menschliches Wesen in so kurzer Zeit diese Steilwand erklimmen können. Aber Pascoe war sicher, dass dieses Gesicht nicht einem menschlichen Wesen gehörte, jedenfalls nicht einem lebenden.

Er atmete tief durch und sträubte sich dagegen, übernatürliche Kräfte anzuerkennen.

Was er jetzt brauchte, war eine Handlampe. Er drehte sich zur Hütte um. In derselben Sekunde erlosch das Licht.

Die plötzliche Dunkelheit traf ihn unvorbereitet.

»Yolande!« Sein erster Gedanke galt ihr. Er rief laut ihren Namen und rannte zur offenen Tür, voll Angst vor dem, was er nun finden würde. Sollte das Gesicht am

Fenster ihn nur von ihr weglocken? »Yolande!«, rief er noch einmal.

»Steve!« Zitternd schlang sie die Arme um ihn. »Was... Wer war das, dieses Gesicht?« Ihre Fingernägel gruben sich in sein Fleisch. »Und die Lampe, sie ist plötzlich ausgegangen.«

»Da wollte uns nur jemand einen Streich spielen.«

»Bist du sicher?« Ihr Gesicht war in der Dunkelheit nur ein verschwommener Fleck. »Ganz sicher, Steve?«

»Ja.« Das sollte leicht und überzeugend klingen. »Es ist mir schon einmal passiert.«

»Aber die Lampe?«

»Wahrscheinlich die Düse verstopft.«

Sie klammerte sich immer noch an ihn und ließ ihn nicht los.

»Steve, hörst du das? Was war das?«

Auch er hatte das Geräusch gehört. Er drehte sich um, stellte sich schützend vor sie und hielt das Messer abwehrbereit in der Hand. Über die freie Fläche auf dem Felsen kamen rasche Schritte näher.

Ein Feuerstein schrappte, hinter vorgehaltener Hand flammte ein Feuerzeug auf und riss ein rundes Mondgesicht aus der Dunkelheit.

»Mython.«

»Bist du es, Skipper? Wir haben einen Schrei gehört...« Die Stimme klang leise, sanft und einschmeichelnd wie immer.

Dann näherten sich weitere Schritte. Er hörte die Stimmen von Van und Tony. Alle stellten gleichzeitig ihre Fragen.

Pascoe erzählte ihnen von dem Gesicht im Fenster, das so plötzlich verschwunden war. Sie bemerkten den seltsamen Geruch, der in der Luft hing.

Misstrauisch sah er sie im Dunkel an. »Aber wo seid ihr denn gewesen? Ihr wolltet mir wohl einen Streich spielen, wie?«

»Bestimmt nicht, Skipper«, versicherte ihm Van ruhig. »Wir sind vor ungefähr zehn Minuten zurückgekommen und haben das Licht gesehen, dann den Bikini vorn am Felsen - nichts für ungut, Skipper -, und da haben wir gesehen, dass du Besuch hast. Wir wollten dich nicht stören und sind leise zum Boot zurückgegangen, um eine Zigarette zu rauchen.«

»Ihr habt niemanden gesehen?«

»Keinen, aber wenn jemand hier ist, werden wir ihn finden. Wo ist die Lampe?«

Mython ging in die Hütte und hielt die Flamme seines Feuerzeugs in Augenhöhe.

»Van, wo ist Wally?« Pascoe drehte sich zu seinem Stellvertreter um.

»Er ist nicht mitgekommen, Skipper, er wollte fischen gehen.« Pascoe konnte Vans Gesichtsausdruck nicht erkennen, aber seine Stimme klang besorgt. »Er müsste jetzt längst zurück sein.«

»Ist er aber nicht«, sagte Pascoe kurz angebunden. »Tony, behalt das Dinghi im Auge, falls irgendjemand von hier abhauen will.« Er erhob die Stimme. »Und beeil dich mit der Lampe, Mython.«

»Die große ist weg«, antwortete Mython. »Ich kann nur die hier finden.« Er zeigte eine kleine Taschenlampe mit schon sehr schwacher Batterie.

Van nahm sie ihm aus der Hand. »Die muss genügen. Kommt, wir durchsuchen die Felsen. Du bleibst lieber hier, Skipper, und kümmerst dich um die junge Dame.«

»Seid um Gottes willen vorsichtig«, sagte Pascoe.

Er suchte nach einem Streichholz, riss es an und betrat die Hütte.

»Yolande«, sagte er leise. Als er nichts hörte, rief er etwas lauter: »Yolande!«

Er bekam keine Antwort. Besorgt ging er wieder nach draußen und riss ein zweites Streichholz an. In dessen Licht bemerkte er, dass ihr Bikini vom Felsen verschwunden war. Er kapierte: Während er mit den Jungs sprach, hatte sie sich wahrscheinlich weggeschlichen, um sich wieder anzuziehen. Dann musste sie jeden Augenblick zurückkommen. Beruhigt ging er in die Hütte und zündete die Lampe an.

Bei dieser Gelegenheit stellte er fest, dass sie jemand abgedreht hatte. Er fand das rätselhaft, vergaß es aber wieder über den Ereignissen der nächsten Sekunden.

Ein Schrei übertönte plötzlich das Rauschen von Wind und Meer. Er schien direkt von oben zu kommen, war erst ganz leise, wurde dann lauter und lauter, bis er mit einem harten, dumpfen Fall aufhörte.

Pascoe stürzte nach draußen und wusste, was geschehen war: In der Finsternis der Nacht war jemand von der Klippe gestürzt, die hinter der Hütte aufragte.

Die Hütte hielt den Wind ab. Unmittelbar dahinter war es verdächtig still. In seiner Nervosität ließ Steve die Streichhölzer fallen, bückte sich danach und fuhr erschrocken vor dem Gestank zurück, der ihm in die Nase stieg. Es war derselbe Geruch, der nach den Erscheinungen des geheimnisvollen Besuchers in der Luft gehangen hatte, nur tausendmal durchdringender: Es roch ätzend nach Ammoniak und gleichzeitig nach alten Knochen. Sein Mund füllte sich mit Spucke. Er musste hart schlucken, damit ihm nicht übel wurde.

»Skipper, wo steckst du? Was war das für ein Schrei?«

Die Übelkeit wich der Erleichterung.

»Hier bin ich, Van«, rief Pascoe und beherrschte sich mit einiger Anstrengung. »Hier hinter der Hütte.« Als das matte Licht der Taschenlampe auftauchte, fügte er warnend hinzu: »Vorsichtig, hier ist etwas.«

Er richtete sich wieder auf, als der schwache Schein der Taschenlampe über die Leiche zu seinen Füßen glitt.

Elftes Kapitel

Der Mann musste schon vor langer Zeit gestorben sein. Er lag auf dem Rücken und wandte Pascoe das gelbliche, eingesunkene Gesicht mit den tiefliegenden Augen zu. An den hageren Hüften klebte eine zerschlissene Leinenhose, aber der Oberkörper war unbekleidet. Die pergamentene Haut spannte sich über die Rippen. Pascoe erkannte die verwaschenen, bläulichen Umrisse einer alten Tätowierung - eines Segelschiffs - sowie einen Riss in der Haut, der vielleicht von einer Stichwunde über dem Herzen herrühren mochte.

Van fluchte grimmig vor sich hin. Aber der Strahl der Lampe hing ohne zu zittern auf dem scheußlichen Gesicht.

»Der hat nicht geschrien, Skipper.«

»Nein, anscheinend hat man ihn irgendwo ausgegraben.« Er legte den Kopf lauschend auf die Seite. »Jetzt mache ich mir um Yolande Sorgen.«

»Bist du das, Steve?«

Als er ihre Stimme hörte, bekam er vor Erleichterung schwache Knie. Sie war auf der anderen Seite der Hütte.

»Bleib, wo du bist«, warnte er sie, »ich komme.«

Mit dem logischen Denken kehrte auch die Selbstsicherheit zurück. Das Gesicht am Fenster war keine Erscheinung gewesen. Es hatte nur jemand die mumifizierte Leiche über die Klippe herabbaumeln lassen, wahrscheinlich am Ende einer Stange, um sie näher ans Fenster zu bringen.

Der alte Flaggenmast fiel ihm wieder ein, den er oben auf der Hügelkuppe gesehen hatte. Das müsste es sein.

Und dieser Jemand hatte nun die Leiche hinabgestürzt und geschrien. Entweder sollte das ein makabrer Scherz sein oder ein weiterer Versuch in der Serie abschreckender Ereignisse, die ihn von Witkop verscheuchen sollten. Vielleicht bestand die Absicht auch nur ganz einfach darin, das Techtelmechtel zwischen ihm und Yolande zu unterbrechen.

»Ich muss nur kurz mit ihr sprechen«, sagte Van, stieg über die Leiche hinweg und ging auf der Rückseite um die Hütte herum. Im nächsten Augenblick stolperte er im Finstern über irgendetwas, streckte schützend die Hände aus und spürte beim Hinfallen warme, lebendige Haut und klebriges Blut.

»Van - Herr im Himmel...«

»Was ist jetzt schon wieder?«

»Rasch, die Lampe.«

Der matte Strahl huschte suchend hin und her und ruhte dann auf einem zusammengesunkenen Körper - einer schlanken Gestalt in einem knappsitzenden Taucheranzug.

»Tony«, stieß Van entsetzt hervor.

»Ich bin nicht ganz sicher«, sagte Pascoe bedächtig. Der Mann kehrte ihnen den Rücken zu, und den Kopf verhüllte die schwarze Gummikappe.

Van leuchtete ihm ins Gesicht. Aus Mund und Nase tropfte Blut. Die Augen waren geschlossen. Pascoe riss den Reißverschluss auf, schob die Hand unter den Anzug und tastete nach dem Herzschlag.

»Großer Gott!«, rief Van leise. »Das ist Lex.«

»Er muss im Dunkeln abgerutscht sein.«

»Ja, und er hat mit der Leiche herumgespielt, um uns zu erschrecken. Ist er tot, Skipper?«

»Im Augenblick lebt er noch, Van«, antwortete Pascoe ausdruckslos.

Pascoe hielt es für zu gefährlich, Lex zu bewegen, bevor ein Arzt ihn untersucht hatte. Es konnten schließlich innere Verletzungen oder eine Beschädigung des Rückgrats vorliegen. Er war bewusstlos, und vielleicht hatte der Schaumgummianzug den Sturz ein wenig gebremst.

Van und Tony fuhren im Schlauchboot an Land, um von der Farm aus telefonisch einen Arzt und einen Krankenwagen herbeizurufen.

Pascoe hatte zu ihnen gesagt, sie bräuchten eigentlich einen Hubschrauber, der ihn ins nächste Krankenhaus bringen würde, aber das würde bei dem verdammten Südost wohl kaum gehen.

Der Wind blies so heftig, dass der Pilot auf der schmalen Felsenplattform eine Landung nicht wagen konnte.

Yolande schob ein Kissen unter Lex Pickards Kopf und blieb bei ihm sitzen. Sie trank langsam den Kaffee, den Mython aufgegossen hatte. Pascoe hatte eine Zeltplane über Pickard gebreitet.

»Können wir nicht irgendetwas tun?«, fragte Yolande mindestens zum zwanzigstenmal. Ihre Augen waren trocken, aber diese Tragödie hatte sie mit Entsetzen erfüllt.

»Nichts«, sagte Pascoe. »Wir müssen ihn nur warm halten. Bewegen dürfen wir ihn nicht.«

»Und einen Schluck Brandy?«

Er schüttelte den Kopf. »Nicht, solange er bewusstlos ist.«

Die helle Lampe stand im Fenster und beleuchtete die Fläche hinter der Hütte. Er sah, wie sich ihre Lippen bewegten. Aber es dauerte eine Weile, bevor er die Worte hörte.

»Glaubst du, dass er am Leben bleiben wird, Steve?«

»Ich weiß es nicht, Liebling. Er ist aus zehn Metern Höhe auf den blanken Felsen gestürzt. Weiß Gott, welche Verletzungen er sich zugezogen hat.«

»Wenn wir ihm nur den Taucheranzug wegschneiden könnten. Möglicherweise verblutet er innerlich.«

»Ich habe ihn so gut wie möglich abgetastet. Er blutete nur aus Mund und Nase, das allerdings sehr heftig.«

»Armer Lex«, flüsterte sie kopfschüttelnd. Es war fast ein Selbstgespräch. »Er muss gewusst haben, dass ich hier bin, dann ist er zum Felsen herausgeschwommen, hat diese scheußliche Leiche aus dem Versteck geholt und versucht, uns beiden einen furchtbaren Schrecken einzujagen.«

»Ja, so ungefähr«, stimmte ihr Pascoe zu. Er legte seine Hand unter ihr Kinn und drehte ihren Kopf so herum, dass sie ihn ansehen musste. »Geh doch in die Hütte und leg dich hin. Ich bleibe hier.«

»Leg du dich hin, Steve. Mir macht das wirklich nichts aus, wenn ich hier sitzen bleibe. Ich glaube, das bin ich Lex schuldig.«

»Dann bleiben wir beide hier, Yolande.« Er hielt den linken Arm mit der Uhr ans Licht. »Es ist fast elf Uhr. Der Arzt muss gleich hier sein.«

Eine weitere halbe Stunde verstrich. Mython bewegte sich mit dem lautlosen Schritt, den Dicke oft an sich haben, um die Hütte herum und stand am Rand des Lichtscheins.

»Scheinwerfer kommen näher, Skipper«, meldete er.

Pascoe erhob sich. »Gott sei Dank, das muss der Krankenwagen sein.«

Der Arzt war ein mürrischer, überarbeiteter Mann, der sich offenbar nicht den Luxus freundlicher Manieren leisten konnte. Er kniete neben dem Patienten nieder und zog ein Augenlid zurück. Gleichzeitig fuhr er Mython an, der die Lampe hielt.

»Können Sie das Ding nicht stillhalten? Und gehen Sie mir mit Ihrem Kopf aus dem Licht.«

Er ließ das Augenlid los, fühlte nach dem Puls und bewegte dabei die schmalen, blutleeren Lippen.

»Wie lange befindet er sich schon in diesem Zustand?«

»Seit ungefähr halb neun«, antwortete Pascoe. Er deutete mit dem Kinn zur Klippe hinüber. »Er muss da oben ausgerutscht sein und ist etwa zehn Meter in die Tiefe gestürzt.«

»Er hat Glück gehabt, dass er den Sturz überlebt hat. Vielleicht auch nicht, das müssen wir noch sehen. Anscheinend liegt eine schwere Gehirnerschütterung vor, vielleicht auch ein Schädelbruch. War sehr vernünftig von Ihnen, dass Sie ihn nicht bewegt haben.« Das Lob kam widerwillig.

Er holte eine Schere aus seiner Tasche und begann den Taucheranzug aufzuschneiden. Als erstes entfernte er die knappsitzende Kappe. Lex Pickards dünnes, graues Haar und sein rosa Schädel waren blutbedeckt.

Der schwarze Anzug wurde abgestreift. Lex trug darunter einen blassblauen Pullover und Shorts. Der Arzt gab ihm eine Spritze, vermutlich ein Herzmittel, wie Pascoe glaubte. Ein unkomplizierter Bruch des linken Oberschenkels musste geschient werden.

»Weiß Gott, was sonst noch vorliegt«, knurrte der Arzt. »Ich muss die Röntgenbilder abwarten.«

Schließlich banden ihn die beiden Ambulanzfahrer, die er mitgebracht hatte, auf die Tragbahre, und Van setzte sie über. Yolande wollte Lex irrt Krankenwagen ins Hospital von Malmesbury begleiten, aber davon wollte der Arzt nichts wissen.

»Reine Zeitverschwendung, wenn jetzt jemand von Ihnen mitkommt«, sagte er. »Sie können ja morgen einmal hereinschauen, aber nicht zu früh. Ich glaube kaum, dass Sie ihn dann sprechen können, aber irgendjemand wird da sein, der Ihnen über seinen Zustand Auskunft gibt.«

Als sie gegangen waren, legte Pascoe beide Hände auf Yolandes Schultern und zwang sie, ihn anzusehen. Seit dem Unfall von Lex war sie schweigsam und deprimiert.

»Willst du heute Nacht hierbleiben?«

Ganz langsam und mit einem bittenden Blick in den Augen schüttelte sie den Kopf.

»Kannst du mich ans Ufer rudern? Ich möchte zum Wohnwagen zurück. Die Mädchen werden sich Sorgen machen.«

»Ich begleite dich«, sagte er.

Als er vom Wohnwagen zurückkam, fand er Wally im Schlauchboot vor. Er hatte sich zusammengerollt und schlief. Grob rüttelte er ihn wach.

»Wenn du drin liegst, Wally, kann ich das Ding nicht zu Wasser bringen. Wo hast du denn gesteckt?«

Er hatte seine Lampe in der Küche doch gefunden und leuchtete dem Koch mit dem kräftigen Strahl in die Augen.

Wally blinzelte. »Bist du das, Skipper?« Er rülpste, und Pascoe roch die Alkoholfahne.

»Es geht mich ja nichts an, Wally«, sagte er, plötzlich enttäuscht, dass dieser vortreffliche Koch, seine persönliche Entdeckung, ihn hintergangen hatte. »Aber du hast getrunken.«

»Skipper, ich bin über 'nen alten Freund aus Saldanha gestolpert, und da haben wir 'ne Flasche Wein getrunken. War nur 'n bisschen, ich schwör's dir, Skipper. Das schadet doch nicht.«

»In deiner Freizeit kannst du tun, was du willst«, sagte Pascoe schleppend. »Hast du was gefangen?«

»Nichts, nicht ein einziger hat angebissen.«

»Macht nichts, man kann nicht immer Glück haben.«

Am nächsten Morgen traf kurz nach dem Frühstück Lieutenant du Plessis von der Kriminalpolizei ein.

»Was geht hier vor, Mr. Pascoe? Ich habe von Doktor Lambert gehört, dass gestern Abend hier etwas vorgefallen ist.«

»Es war ein böser Unfall, Lieutenant. Mr. Pickard ist von der Felsklippe gestürzt, hat sich ein Bein gebrochen und vermutlich auch den Schädel. Aber ich glaube nicht, dass das eine Angelegenheit der Polizei ist.«

Falls Lex der Mörder von Mercer war, wie Pascoe annahm, dann hatte das Schicksal selbst die Bestrafung in die Hand genommen.

»Das muss die Polizei entscheiden«, sagte der Lieutenant kühl.

»Natürlich.« Pascoe nickte. »Aber bevor Sie mit Ihren Fragen beginnen, möchte ich gern wissen, wie es Lex Pickard geht. Wir machen uns große Sorgen um ihn.«

»Ich weiß nur, dass er noch bewusstlos ist. Was war nun mit der Leiche, von der ich gehört habe?«

»Ach ja, die Leiche.« Pascoe führte ihn hinter die Hütte und zog die Zeltbahn weg. »Offenbar ein Mordfall, aber ich fürchte, Sie kommen fünfzig Jahre zu spät. Vielleicht sind es auch hundert.«

Der Lieutenant bückte sich und rümpfte die Nase. Er tippte mit dem Finger auf die pergamentgelbe Haut und wischte sich dann, als er sich wieder aufrichtete, die Hand an der Hose ab.

»Sie haben recht, Mr. Pascoe: alte Knochen.«

Pascoe nickte. »Ich würde sagen, ein Matrose von einem der alten Guano-Schoner. Er wurde sicher bei einer Streiterei getötet und in eine der Spalten geworfen. Der Vogelmist hat ihn konserviert. Ich hab' schon von ähnlichen Fällen gehört.«

»So?« In die dunklen Augen trat ein ungläubiger Blick. »Ich komme aus dem Binnenland, aus Bronkhorstspruit.«

»Ich habe davon gelesen«, berichtigte sich Pascoe. »Eine mumifizierte Leiche von einer der Guano-Inseln wurde einmal nach England gebracht und dort ausgestellt. Ich glaube, das war in Liverpool.«

»Das muss an den Chemikalien im Dünger liegen, Mr. Pascoe.«

»Ja, in Verbindung mit der trockenen Hitze.«

»Schon möglich.« Der Lieutenant starrte die Leiche an. »Und was soll ich mit dem hier anfangen?«

»Vermachen Sie ihn doch dem südafrikanischen Museum.«

Der Lieutenant schüttelte den Kopf. »Das geht nicht. Wenn man so etwas in einen Glaskasten legt, dann protestieren die Kirchen. Es verletzt den Anstand.«

»Vermutlich«, murmelte Pascoe. Die Beseitigung der Leiche war noch die geringste von seinen Sorgen, aber er wollte sie dennoch loswerden. »Können Sie den Mann nicht einfach ins Leichenschauhaus schaffen, damit Sie endlich Ruhe haben?«

»Ich glaube, das ist am besten.« Die dunklen Augen ruhten nachdenklich auf Pascoe. »Und Sie sagen, dass Mr. Pickard gleichzeitig mit der Leiche abgestürzt ist?«

»Das habe ich nicht gesagt, aber so war es vermutlich.«

»Aber er hat doch schon zuvor versucht, Ihnen mit der Leiche einen Schrecken einzujagen? Er hat sie am Ende des Flaggenmastes über die Klippe gehalten, bis das Gesicht am Fenster der Hütte erschien.«

»Irgendjemand muss das getan haben. Ich nehme nur an, dass es Mr. Pickard war. Es sollte vermutlich ein Scherz sein.«

»Komische Art von Scherz. Eine Belästigung?«

»Ich erstatte keine Anzeige, Lieutenant. Miss Olivier auch nicht.«

»Trotzdem darf niemand mit einer Leiche herumspielen. Das verletzt die Empfindungen der Menschen und lässt die Achtung vor dem Tod vermissen.« Plötzlich wechselte er das Thema. »Wann wollen Sie Witkop verlassen, Mr. Pascoe?«

»Das hängt vom Wetter ab.« Pascoe sah übers Meer hinaus.

»Der Wind lässt zwar nach, aber wir haben immer noch ziemlich schwere See. Ich glaube kaum, dass wir vor übermorgen wieder tauchen können. Den Rest dürften wir dann in zwei Tagen erledigt haben.«

»Vergessen Sie nicht die Verhandlung am Samstagmorgen: um zehn Uhr im Gericht.«

»Ich werde pünktlich sein«, versprach Pascoe, »und ich bringe Mython mit.«

Als Lieutenant du Plessis mit der Mumie die Insel wieder verlassen hatte, zog sich Pascoe um, warf ein leichtes Jackett über die Schulter und machte sich auf den Weg zu dem Wohnwagen am anderen Ende der Lagune.

Das erste Stück ging er am Strand entlang, der mit Tang und anderem Treibgut, darunter auch einem toten Seehund, überstreut war. Tieffliegende Möwen folgten ihm, und ihre weißen Federn glänzten vor dem Himmel. Die Tide schlug gerade um. Der silberne Saum der Brandung zog sich zurück und hinterließ Blasen, die wie sanfte Küsse auf dem Sand zerplatzten. Durchscheinende Quallen lagen herum, Stücke von Korallen, die feuerrot leuchteten, und Muscheln, deren Schimmer in allen Regenbogenfarben von Grünblau bis zu Schwarz reichte.

Pascoe bog landeinwärts ab, überquerte die Dünen und schob die Gedanken beiseite, die ihn bedrängten. Lex Pickard war aus dem Rennen geworfen und spielte keine große Rolle mehr. Er war offenbar auf der ganzen Linie der Verlierer. Er hatte versucht, die Bergungsarbeiten an dem Wrack zu behindern, aber Mercers Leiche war trotzdem ans Tageslicht gekommen. Er hatte - zweifellos aus Eifersucht - Pascoe und Yolande bei ihrem Schäferstündchen gestört, was ihm auch halbwegs gelungen war, aber dafür war er abgestürzt, und dieser Sturz konnte sich immer noch als tödlich erweisen.

Falls es die unerwiderte Liebe zu Yolande war, die ihn zu all dem getrieben hatte; tat er Pascoe von Herzen leid.

Die Dünen wichen dem niedrigen Buschwerk, und dann folgte der Schilfgürtel rings um die Lagune. Ein grauer Wasservogel stand regungslos auf einer Sandbank, und sein nadelspitzer Schnabel spiegelte sich im flachen Wasser. Pascoe schritt leise aus, um ihn nicht beim Fischen zu stören. Aber der Vogel erhob sich schwerfällig in die Lüfte.

Schließlich erreichte Pascoe die Gruppe von Wolfsmilchbäumen, hinter der die Mädchen ihren Wohnwagen stehen hatten. Als er in den Schatten der mächtigen Bäume trat, musste er für einen Augenblick stehenbleiben, bis sich seine Augen an das Dämmerlicht gewöhnt hatten. Die Baumgruppe glich schon mehr einer Grotte: Es war wie ein Gang durch eine gewaltige grüne Höhle, deren tiefliegendes Laubdach von einem Gerippe verkrüppelter, nackter Äste gehalten wurde.

Pascoe verlor schon bald den schmalen Pfad aus den Augen und versuchte, sich in dem Gewirr der Bäume zurechtzufinden. Hier in diesem Hexenwald sang kein Vogel, nichts wuchs auf dem nackten Boden außer den uralten Bäumen.

Pascoe spürte, wie ihm der Schweiß zwischen den Schultern hinablief. Unbewusst trat er leise auf, als wollte er das Schweigen in dem Schatten nicht stören. Er wusste auch nicht, warum er so vorsichtig vorging. Er hatte nur einen Menschen zu fürchten, und das war Lex. Der aber lag in irgendeinem Krankenhausbett, dreißig Kilometer entfernt.

Die Fläche, die die Baumgruppe einnahm, war bestimmt nicht größer als ein paar Hektar, aber Pascoe brauchte doch einige Zeit, bis er sie hinter sich gelassen hatte. Am anderen Ende blieb er im Schutz der letzten Bäume stehen und blinzelte ins grelle Sonnenlicht.

An dieser Stelle führte ein schmaler Kanal bis an den Wald heran, den man von der anderen Seite der Lagune kaum als Unterbrechung im Schilfgürtel erkennen konnte. Hier an dieser Stelle wuchs unter den dichten Bäumen kein Schilf, nur Sumpfgras reichte bis ans Wasser heran. Auf einer etwas erhöhten Stelle oberhalb des Kanals parkte der Wohnwagen.

Zuerst glaubte Pascoe, dass niemand da sei. Der Landrover, der den Wohnwagen hergeschleppt hatte, war verschwunden. Steve war ein wenig enttäuscht, weil er Yolande gebeten hatte, am Morgen auf ihn zu warten. Gleichzeitig versuchte er jedoch, sie zu entschuldigen: Der Besuch des Lieutenants hatte ihn auf gehalten, und so war ihr wahrscheinlich das Warten zu lang geworden. Vielleicht war sie auch auf der anderen Seite um die Lagune herumgefahren und wollte ihn in der Nähe der Insel Witkop auflesen.

»Guten Morgen, Steve«, rief eine Frauenstimme.

»Hallo, Isobel.«

Sie war hinter dem Wohnwagen hervorgetreten, hatte das Haar offen bis auf die Schultern hängen und hielt eine Bürste in der Hand.

»Ich habe mir gerade die Haare gewaschen«, erklärte sie und kämmte sie mit zwei raschen Bürstenstrichen hinter die Ohren. »Etwas Neues von Lex?« Der besorgte Ton passte genau zu dem ängstlichen Blick.

»Wie die Polizei mitteilt, ist er immer noch bewusstlos.«

»Sie haben ihn noch nicht besucht?« Sie hob die goldbraunen Augenbrauen.

»Noch nicht. Yolande und ich wollten heute Morgen hinfahren.«

»So?« Sie sah ihn stirnrunzelnd an. »Das ist aber seltsam, sie hat nichts davon erwähnt. Sie ist vor ungefähr einer Dreiviertelstunde abgefahren.«

»Das ist meine Schuld«, antwortete er. »Ich hätte früher hier sein sollen. Die Polizei hat mich aufgehalten.«

»Trotzdem hätte sie warten können.«

»Wichtig ist nur, dass sie ihn besucht«, sagte er. »Ich wollte ihr dabei eigentlich nur Gesellschaft leisten.«

Ihm fiel auf, dass sie dazu nichts bemerkte, sondern nur den Blick senkte. Er sah sie an und stellte wieder einmal fest, was für ein nettes, gesund aussehendes Mädchen sie war, keine strahlende Schönheit wie Yolande, aber auf ganz eigene Art und Weise anziehend. Etwas Sanftes war an ihr. Wenn man sich als Kind in den Finger schnitt, dachte Pascoe, dann würde man zu ihr laufen und Hilfe suchen. Sie sagte ein wenig zögernd: »Ich habe gerade den Kessel aufgesetzt, möchten Sie eine Tasse Tee?«

»Danke, da kann ich nie widerstehen.«

Die Lager zu beiden Seiten des Wohnwagens bildeten schmale Sofas. Sie saßen einander gegenüber, den Tisch in der Mitte. Isobel schenkte den Tee ein und reichte ihm eine Scheibe Marmeladentoast. Sie nahm sich ebenfalls eine.

»Das sollte ich eigentlich nicht tun«, bemerkte sie und biss kräftig hinein.

»Schmeckt köstlich«, sagte Pascoe. »Selbst gemacht?«

»Woher wissen Sie das?«

Er zuckte lächelnd die Achseln. »Es passt einfach zu Ihnen. Wo ist übrigens Sally?«

»Die läuft irgendwo mit ihrem Skizzenblock herum. Ich hatte den Eindruck, dass sie allein sein wollte, deshalb ließ ich sie gehen. Die Sache mit Lex hat sie furchtbar aufgeregt.«

Pascoe betrachtete sie aufmerksam. »Yolande hat Ihnen erzählt, was geschehen ist?«

»Mehr oder weniger. Sie sagte, dass Lex versucht hätte, Ihnen beiden einen grausigen Scherz mit einer mumifizierten Leiche zu spielen. Er hielt sie an einer Stange über die Klippe hinter der Hütte und muss dabei abgerutscht sein...«

»So ungefähr war es«, sagte Pascoe. Er wollte gerade die Teetasse an die Lippen führen. »Er hat sie sehr geliebt,. Isobel.«

Sie nickte. »Der arme Teufel. Und es hat ihm nicht viel Glück gebracht, wie?«

»Möglich, dass es das einzige war, was sein Leben lebenswert machte.«

Sie seufzte leise. »So sehe ich das nicht. Für mich hat eine einseitige Liebe nichts Tragisches an sich. Lex hat etwas Besseres verdient.«

»Besser als Yolande meinen Sie?« Er ging sofort in Abwehrstellung.

Sie senkte den Blick. »Ich habe mich falsch ausgedrückt: Yolande ist meine Freundin. Ich meinte, dass er ganz allgemein vom Leben etwas Besseres verdient hätte. Zu Sally und mir war er immer äußerst nett. Wir mochten ihn sehr.«

»Er schien auch ein sehr anständiger Kerl zu sein«, gab Pascoe zu. »Nur war er leider wahnsinnig eifersüchtig.«

»Auf Sie, Steve?« Sie sah ihn ernst an.

Am Anfang natürlich auf Desmond Mercer, dachte er.

Laut sagte er: »Sie meinen, gestern Abend, als Yolande bei mir war? Ja.« Er sprach leise und sah dabei in seine Tasse. »Wahrscheinlich habe ich ihm Anlass zur Eifersucht gegeben.«

»Es geht mich natürlich nichts an«, sagte Isobel ganz beiläufig und holte tief Luft. »Sie lieben Yolande, Steve?«

»Ich glaube, schon.« Er zog ein wenig belustigt eine Augenbraue hoch. »Lächerlich, nicht wahr? Ich bin kaum mehr als ein Strandgänger - genau wie Wally, auch wenn ich mich in tieferen Gewässern bewege. Sie könnte unter vielen Männern wählen.«

»Unterschätzen Sie sich nicht, Steve.« Sie griff nach der Teekanne, als wollte sie diese Unterhaltung beenden. »Noch etwas Tee?«

Er trank aus und schob ihr die Tasse über den Tisch.

»Wenn ich mich nicht täusche, kommt da unser Landrover«, sagte sie, legte den Kopf schräg und hielt mitten im Eingießen inne.

Pascoe stand auf und sah aus dem Fenster. »Sie haben recht. Floren wir uns an, was es Neues gibt.«

Er merkte, dass Isobel zurückblieb. So ging er allein Yolande entgegen.

Sie brachte den Landrover zum Stehen, schwang sich vom Fahrersitz und wischte sich mit dem Arm über die Stirn. »Puh, ist das heiß. Ich brauche jetzt etwas Kaltes zu trinken. Was machst du denn hier, Steve?«

»Weißt du nicht mehr, dass ich mit nach Malmesbury fahren wollte?«

»Das hatte ich vergessen.« Ihre grauen Augen baten um Verzeihung. »Ich war so durcheinander, Steve, und machte mir solche Sorgen um Lex. Ich konnte es kaum erwarten, zu ihm zu kommen.«

»Ich kann schon verstehen, wie dir zumute war«, sagte er leise. Schließlich kannte sie Lex seit ihrer Kindheit und musste sicher noch eine große Zuneigung zu ihm empfinden - trotz aller Schatten, die in der Zwischenzeit darauf gefallen waren. »Wie geht es ihm, Yolande?«

»Er hat einen zweifachen Schädelbruch und ist immer noch bewusstlos.« Sie verzog das Gesicht. »Ach, Steve, es ist zweifelhaft, ob er durchkommen wird.«

Er legte ihr ungeschickt den Arm um die Schultern. »Weine nicht, Liebling. Es wird alles Menschenmögliche für ihn getan.«

»Weißt du, Steve, ich habe das Gefühl, als hätte ich die Schuld...«

»Das ist doch lächerlich, Yolande, du bist nur durchgedreht. Komm, setz dich und trink etwas.«

Sie blieb stehen und ließ ihren Blick über die spiegelglatte Fläche der Lagune und den Schilfgürtel schweifen.

»Gott sei Dank hat sich der Wind gelegt, Steve. Er ging mir schon auf die Nerven.«

»Er geht jedem auf die Nerven«, sagte er. »Komm mit in den Wohnwagen. Isobel und ich haben gerade eine Tasse Tee miteinander getrunken.«

Isobel stand in der offenen Tür. »Geht's ihm besser, Yolande?« Ihrer Stimme war die Besorgnis anzumerken.

Yolande schüttelte den Kopf. »Er ist immer noch bewusstlos. Schwerer Schädelbruch, ich hab's gerade Steve erzählt.«

»Sollte er nicht nach Kapstadt gebracht werden?«

»Das habe ich Doktor Lambert auch vorgeschlagen«, sagte Yolande, »aber er hält es in diesem Stadium für unmöglich. Ein Neurochirurg ist auf dem Weg hierher.«

»Mehr können wir nicht tun«, sagte Pascoe. »Wir müssen abwarten und sehen, was geschieht.« Er sah auf die Uhr. »Aber ich habe noch viel Arbeit. Wie es jetzt aussieht, können wir morgen wieder tauchen.«

Yolande sagte leise und bedrückt: »Ich möchte heute Abend noch einmal ins Krankenhaus fahren, Steve. Willst du mitkommen?«

»Natürlich.« Er lächelte sie an. »Ich gehe zu Fuß zur Farm, holst du mich dort ab?«

»Ist dir halb sieben zu früh?«

»Nein, genau richtig.« Er hob grüßend die Hand. »Bis später. Noch einmal vielen Dank für den Tee, Isobel.«

Er kehrte dem Wohnwagen den Rücken zu und verschwand wieder in der dunklen Grotte aus jahrhundertealten, unheimlich langsam wachsenden Wolfsmilchbäumen.

Pascoe erreichte die Farm kurz vor halb sieben und traf Yolande wartend am Steuer von Lex Pickards Chrysler an.

»Lex hat sicher nichts dagegen«, sagte sie. »Ich habe den Wagen oft gefahren. Isobel brauchte den Landrover.«

»Sie hat auch ein Recht darauf.«

»Natürlich, er gehört ihr ja. Sie will die ganze Bande nach Kapstadt fahren, weil im Kino ein Film mit Rex Harrison läuft.« Während sie auf den Anlasser drückte, sah sie ihn von der Seite an. »Wolltest du wirklich nicht mitfahren, Steve?«

Er schüttelte nur kurz den Kopf. »Ich möchte bei dir sein.«

»Aber du hast dich so fein gemacht.«

»Nur weil ich einen Anzug angezogen habe?« Er hob fragend die Augenbrauen. »Ich dachte, wir könnten vielleicht anschließend in einem Hotel etwas essen. Ich weiß, das ist nicht sehr aufregend, aber Malmesbury ist nun einmal keine Großstadt.«

Sie legte ihm flüchtig die Hand aufs Knie. »Du bist lieb. Reden wir später noch einmal darüber. Im Augenblick muss ich nur an Lex denken.«

»Wir müssen es ja jetzt noch nicht entscheiden«, sagte er. Dann kam ihm ein Gedanke: »Du Plessis fragte mich heute Morgen nach seinen nächsten Angehörigen. Ich habe ihm gesagt, er soll sich bei dir erkundigen.«

»Wir sind uns unterwegs begegnet, da hat er mich gefragt. Ich habe ihm erzählt, dass in Lissabon noch eine Schwester von Lex lebt, die zehn Jahre älter ist. Sie hat einen Portugiesen geheiratet. Die beiden verstanden sich aber nicht sehr gut. Ich glaube, sie haben sich seit Jahren nicht mehr geschrieben.«

»Trotzdem sollte sie verständigt werden«

»Das habe ich dem Lieutenant auch gesagt. Er hat vorgeschlagen, dass Lex' Bankdirektor ihr ein Telegramm schickt. Er kennt die Adresse.«

»Ja, das wird wohl am besten sein.«

Als sie den Wagen vor dem Krankenhaus parkten, sahen sie Dr. Lambert aus dem Gebäude kommen.

»Unverändert«, sagte er, presste die Lippen aufeinander und schüttelte den Kopf. »Es hat auch keinen Sinn, ihn zu besuchen.« Pascoe hatte den Eindruck, dass unter dieser rauen Schale ein weicher Kern steckte. »Ich habe den Neurochirurgen Labuschagne hinzugezogen. Aber es hat wenig Zweck, in diesem Stadium zu operieren.«

Yolande fragte: »Glauben Sie, dass er durchkommt, Doktor?«

»Diese Frage kann ich Ihnen nicht beantworten, Miss Olivier.« Er schüttelte wieder den Kopf, und von seinen Lippen war fast nichts mehr zu sehen. »Es geht ihm sehr, sehr schlecht. Wenn wir ihn über die nächsten paar Tage bringen...« Unvermittelt lüftete er den abgeschabten Hut. »Gute Nacht. Vielleicht habe ich morgen Abend um dieselbe Zeit bessere Nachrichten für Sie.«

Damit fuhr er weg. Pascoe sah Yolande an. »Nicht sehr ermutigend, wie?«

Sie schüttelte den Kopf. Er sah, dass sie den Tränen nahe war.

»Komm.« Er nahm sie sanft beim Arm. »Du brauchst jetzt etwas zu trinken.«

Sie nippte an ihrem Cognac mit Soda und hielt das Glas in beiden Händen wie ein kleines Kind, das Angst hat, die Milch zu verschütten. Er wartete, bis sie ausgetrunken hatte, bevor er noch einmal auf das Abendessen zu sprechen kam.

»Tut mir leid, Steve.« Sie streckte die Hand aus und berührte mit kalten Fingern seinen Arm. »Ich kann jetzt einfach nichts essen.«

»Schon gut.« Er hielt ihre Finger fest. »Wenigstens ein Sandwich?«

»Irgendetwas ganz Einfaches.«

»Ich bestelle es dir.«

Sie schüttelte den Kopf. »Nicht hier, Steve.«

»Sollen wir zum Wohnwagen zurückfahren?« Er hatte dabei nichts weiter im Sinn als ihr Wohlbefinden.

»Ich bekomme schon Kopfschmerzen, wenn ich nur an den Wohnwagen denke«, sagte sie. »Können wir nicht nach Witkop fahren? Die Seeluft...« Ihre Stimme wurde unverständlich.

»Natürlich, Liebling.«

Trotz seiner Sorge um sie schlug sein Herz rascher. Sie würden auf Witkop allein sein, weil die Jungs erst nach Mitternacht aus Kapstadt zurückkommen würden. Und dann machten sie vermutlich noch für eine Tasse Kaffee im Wohnwagen Station. Er und Yolande hatten also einen langen Abend vor sich, an dem weder Lex noch ein gelbgesichtiger Toter sie stören konnten.

Sie fuhren geradewegs zurück zur Farm, parkten den Wagen in der Garage und gingen zu Fuß hinunter zum Strand. Die Nacht war klar und sternenhell. Später würde der Mond scheinen. Es wehte kein Windhauch.

»Der Abend ist wie geschaffen zum Schwimmen«, sagte Yolande. »Wunderbar warm.«

»Aber das Wasser ist nicht warm.«

Sie schob ihren Arm unter seinen und sagte, wieder mit leichterer, fröhlicherer Stimme: »Du bist immer so realistisch, Steve.«

Er tätschelte ihre Hand. »Ich versuche es zumindest.«

Sie blieb abrupt stehen und zwang ihn, dasselbe zu tun. Dann wandte sie sich ihm zu, und ihr Gesicht wirkte im

Schein der Sterne sehr blass. Der leichte Ton war aus ihrer Stimme verschwunden.

»Wer war es, Steve? Wer hat dich so tief verletzt?«

»Wie kommst du darauf, dass mich jemand verletzt hat?« Er war froh, dass es dunkel war.

Ihre Finger streichelten über sein Gesicht, als versuchte sie in seiner Miene zu lesen. »Weil in vielem, was du sagst, eine solche Bitterkeit liegt. Ich spüre sie.«

»Du bist eine sehr empfindsame Frau.«

»Das ist keine Antwort, Liebling.«

Nicht nur ihre Finger streichelten ihn, auch ihre Stimme. Er spürte, wie ihm ein Kloß in der Kehle saß; aber warum, das wusste er selbst nicht. War es die alte Wunde oder das neue Glück? Es war wunderbar, mit diesem Mädchen allein zu sein und sich auf einen ganzen langen Abend mit ihr freuen zu dürfen.

»Da war einmal ein Mädchen«, sagte er. »Aber das ist schon lange her, und ich bin eigentlich gar nicht mehr verbittert. Du hast mich kuriert, Yolande.«

Sie stellte sich auf die Zehenspitzen und gab ihm einen Kuss. »Ich bin froh«, flüsterte sie und legte ihre Wange an seine Brust. Er drückte sie an sich.

Sie gingen weiter und folgten dabei dem Pfad, den die schweren Reifen des Traktors und der Schlitten mit der Maschine gezogen hatten. Bald lagen die Dünen hinter ihnen, und sie standen am Strand.

Die weißen Schaumkronen, die der Südost aufgepeitscht hatte, waren verschwunden. Die Dünung rollte an den Strand. Selbst im Lee von Witkop dümpelte die *Seevarkie* an ihren beiden Ankern ungemütlich vor der Kulisse der Insel, deren Umrisse von hier aus wie eine alte schwarze Hexe mit spitzem Hut wirkte.

»Komisch«, bemerkte Pascoe, blieb stehen und sah sich um.

Yolande drückte seinen Arm fester. »Was ist, Steve?«

»Das Schlauchboot ist nicht hier, nur das kleine Boot.«

»Vielleicht stimmt etwas am Außenborder nicht.«

»Und du glaubst, Van und die anderen sind in diesem Ding ans Ufer gerudert?« Er packte die Leine des Dinghi und stieß es in die Brandung. »Möglich wäre es, Yolande, aber die Sache gefällt mir nicht. Komm, sehen wir nach.«

Als sie die Insel erreichten, lag die Hütte dunkel da. Witkop war offenbar verlassen. Von dem Schlauchboot war nichts zu sehen.

»Entweder es ist gestohlen worden«, sagte Pascoe, »oder die Jungs haben es nicht weit genug auf den Strand gezogen und es ist abgetrieben.«

»Dann wird es sicherlich irgendwo an Land gespült«, meinte Yolande.

»Wenn es abgetrieben ist, können wir es abschreiben«, sagte Pascoe grimmig.

Er machte das kleine Boot fest und half ihr beim Aussteigen.

»Sieh mal, Steve«, flüsterte sie heiser.

Sie war auf einen Felsbrocken geklettert und sah aufs Meer hinaus. Er stellte sich hinter sie und folgte mit dem Blick ihrem ausgestreckten Arm.

Gegen die phosphoreszierende Wasserfläche hob sich ein dunkler, unförmiger Gegenstand ab.

»Also doch abgetrieben«, rief er. »Vielen Dank, Yolande, dass du es ausgemacht hast. Ich rudere hinaus und hol' es.«

»Ich komme mit«, sagte sie bestimmt. »Hier bleibe ich nicht allein.«

»Gut, dann komm mit.«

Das kleine Boot rollte in den Wellen, ohne allzu viel Wasser überzunehmen. Pascoe legte sich in die Riemen und schnitt die Wogen im rechten Winkel an. Sein Ziel hatte er genau vor sich.

»Stimmt die Richtung, Yolande?«

»Ja, du bist schon ein Stück weiter.«

Er freute sich darüber. Da das Schlauchboot mit der Ebbe hinausgetrieben wurde, hatte er sich auf eine längere Verfolgung eingerichtet, die bei der schweren See gefährlich werden konnte.

»Es scheint sich nicht zu bewegen«, sagte er und riskierte einen Blick über die Schulter. »Wenn wir Glück haben, hat sich der Außenborder im Tang verfangen.«

Aber als er längsseits ging, sah er den Grund, weshalb er das Schlauchboot so leicht überholen konnte. Er hielt unwillkürlich den Atem an und überlegte, was das zu bedeuten hatte.

Yolande senkte ihre Stimme ohne eigentlichen Grund zu einem aufgeregten Flüstern. »Steve, es ist an der Markierungsboje über dem Wrack festgemacht.«

»Genau, aber wer, zum Teufel...«

Rasch berechnete er die Strömung und den Abtrieb der Ankerleine. Das Wrack musste sich ungefähr hier befinden. Er suchte mit den Augen die dunkle Wasserfläche ab. In den dunklen Wellen stieg ein Strom kleiner, silberner Bläschen auf.

Irgendjemand, der ein Tauchgerät trug, kam gerade vom Wrack hoch.

Zwölftes Kapitel

»Festhalten!«

Pascoe riss das Boot hart herum und hörte von Yolande einen unterdrückten Aufschrei, als der Bug Wasser überholte. Er wusste, dass Eile ebenso vonnöten war wie Vorsicht. Er legte sich hart in die Riemen und hielt auf Witkop zu.

»Aber. Steve...«

»Still!« Er brachte sie sofort zum Schweigen. »Über dem Wasser breiten sich alle Geräusche schnell aus, und er muss gleich auftauchen.«

Der unbekannte Taucher war ein sehr hohes Risiko eingegangen, indem er im Dunkeln lediglich nach der Orientierung an Hand der Bojen-Leine hinabgetaucht war. Seine Absicht bestand offenbar darin, etwas aus dem Wrack zu bergen, was so wertvoll sein musste, dass er sein Leben einsetzte, es in die Finger zu bekommen. Dafür standen ihm nur wenige Minuten zur Verfügung, wenn er beim Auftauchen die zeit- und luftraubenden Pausen zum Druckausgleich vermeiden wollte. All das, sagte sich Pascoe, setzt eine genaue Kenntnis des Wracks und seines Inhalts voraus.

Yolande beugte sich zu ihm herüber und streckte die Hand aus. »Das ebene Felsband liegt mehr rechts.«

Er blickte über die Schulter und änderte den Kurs geringfügig.

»Wir legen dort drüben an.«

Er vermied die übliche Anlegestelle und bugsierte das Dinghi um einen Felsvorsprung herum in ruhigeres Wasser. Etwa einen Meter oberhalb der Wasserlinie befand sich ein schmales, glitschiges Felsband.

»Rauf mit dir«, befahl er Yolande. Er folgte ihr hinauf und zog das leichte Boot nach.

»Man sieht ja nicht die Hand vor Augen!«, protestierte Yolande.

»Er kann aber auch nichts sehen. Deshalb sind wir ja hier. Er soll glauben, dass Witkop verlassen ist. Jetzt duck dich und folg mir.«

Pascoe drängte sich auf dem schmalen Vorsprung an ihr vorbei und kletterte hinauf, bis er über den Felsen hinweg das über dem Wrack verankerte Schlauchboot sehen konnte.

Yolande duckte sich hinter ihn. Er fühlte den Druck ihrer Hand auf seiner Schulter, hörte ihr erstauntes Flüstern,

»Wer mag es sein, Steve? Und was, denkst du, will er wohl?«

Er legte seine Hand auf die ihre. »Geduld, Liebling.«

Ein paar Meter hinter ihnen erhob sich die Hütte. Die Tür ging auf die Plattform hinaus, auf der sie einmal getanzt hatten. Jetzt lag die ebene Fläche verlassen im Licht der Sterne. Auf dem Meer spiegelte sich der matte Lichtschein. Es breitete sich aus wie gehämmertes Silber, die kleinen Wellenkämme leuchtend, die Täler im tiefen Schatten. Das Boot tanzte auf und ab. Der nasse Gummi schimmerte.

Pascoe hörte hinter sich einen raschen Atemzug.

»Dort, Steve!«

»Keine Bewegung!«, warnte er.

Die Markierungsboje kippte zur Seite, als sich eine Hand daran festhielt. Die Umrisse eines Kopfes tauchten auf, das Glas einer Gesichtsmaske, das Metall eines Doppelzylinders. Dann tauchte die Gestalt wieder unter und schwamm - fast unter Wasser - auf das Heck des Dinghis zu. Tauchgewichte und Atemgerät wurden an Bord geworfen. Erst als der Mann seine unverkennbar massige Gestalt an Bord hievte, erkannten ihn die beiden.

»Mython.«

Der Name kam ganz leise von Yolandes Lippen.

Pascoe drehte sich halb zu ihr herum. »Das klingt so, als ob du ihn nicht magst.«

»Er hat dich hintergangen, Steve.«

»Warten wir lieber erst mal ab.«

Mython kniete jetzt im Bug des Bootes und holte, Hand über Hand, die Leine ein. Aber er löste sie nicht von der Boje, sondern holte daran eine zweite Leine hoch.

»Siehst du, was ich meine?«, flüsterte Yolande.

»Ich sehe nur, dass er etwas aus dem Wrack heraufholt.«

Wieder ein rascher Atemzug. »Das wird die Seekiste sein, Steve!« Ihr Griff an seiner Schulter wurde härter. »Du hast ihm doch nichts - nichts von den Fotos gesagt?«

»Natürlich nicht!«, antwortete er scharf, verärgert über diese Unterstellung.

»Entschuldige, Liebling.« Sie war ihm so nahe, dass er ihren warmen Atem an der Seite seines Halses spürte. »Ich mache mir plötzlich solche Sorgen. Natürlich weiß ich, dass du so etwas niemals tun würdest...«

Er beobachtete Mython und versuchte das Gewicht des Gegenstandes abzuschätzen, der am Ende der Leine hing. Sehr schwer konnte er nicht sein. Zumindest nicht im Wasser.

»Es könnte die Seekiste sein«, überlegte er laut. »Erinnerst du dich, dass Mython zur Bergung der Leiche sehr lange brauchte? Er könnte bei dieser Gelegenheit auf die Kiste gestoßen sein und sie vom Kabinenboden losgeschraubt haben. Vermutlich wollte er sie noch am selben Abend heimlich heraufholen, aber das Wetter machte ihm einen Strich durch die Rechnung. Heute erst bot sich wieder eine Gelegenheit dazu.«

»Steve, wenn das stimmt, was sollen wir dann tun?«

Die Angst in ihrer Stimme rührte ihn.

»Keine Sorge«, sagte er. »Mir wird schon etwas einfallen.«

Er strengte seine Augen an. Nach der Länge der Leine zu urteilen, die achtlos im Schlauchboot aufgerollt lag, musste sich die Kiste - oder was immer es sein mochte - bereits nahe an der Oberfläche befinden. Mythons Armbewegungen wurden langsamer. Er beugte sich über den wulstigen Rand des Bootes und griff nach etwas. Die Wasserfläche teilte sich, etwas Silbriges kam zum Vorschein. Der Bug geriet bedenklich tief ins Wasser. Mython zog sich rasch in die Mitte des Bootes zurück. Ein länglicher Gegenstand mit scharfen Kanten rutschte ins Boot.

Yolande zog scharf die Luft ein.

Pascoe legte ihr den Arm um die Taille und hielt sie fest.

»Keine Sorge«, raunte er ihr zu. »Er wird sie höchstwahrscheinlich hierher bringen.«

»Und was dann?«, fragte sie.

»Ich werde mir etwas einfallen lassen.« Er war bereits dabei, Pläne zu entwerfen und wieder fallenzulassen. Es hatte keinen Zweck, Mython einfach einen Diebstahl vorzuhalten und ihn aufzufordern, die Kiste auszuhändigen. Wenn er sich weigerte?

Sollte es zu einer Auseinandersetzung kommen, musste Pascoe damit rechnen, dass er den Kürzeren zog.

Am besten war es natürlich, ihn ohne jede Warnung anzugreifen, und der bestgeeignete Augenblick dafür war die Sekunde, da er an Land kletterte. Dann konnte er ihn ohne große Schwierigkeiten niederschlagen. Dieser Plan gefiel Pascoe deshalb nicht, weil er Mython gern hatte und ihm niemals vergessen konnte, dass er ihm sein Leben verdankte.

Yolande fragte drängend: »Was hast du vor, Steve?«

Er zögerte und biss sich auf die Lippen. »Ich weiß es noch nicht genau, Liebling. Aber was auch geschieht, du wirst dich nicht einmischen, ist das klar? Ich möchte nicht, dass dir etwas zustößt.«

»Du brauchst irgendeine Waffe, Steve. Du kannst ihn doch nicht mit bloßen Händen angreifen.«

»Ich denke, dass Klugheit hier wichtiger ist als brutale Gewalt«, entgegnete er. »Überlass das nur mir.«

Unter dem Heck des Dinghis schäumte silbrig das Wasser auf. Das Dröhnen des Außenborders klang zu ihnen herüber. Der Bug hob sich aus dem Wasser. Mython machte es sich achtern bequem und steuerte die Plattform an, die auch Witkop als Anlegeplatz diente.

Er schaltete den Motor ab und kam längsseits. Bevor er an Land stieg, machte er das Dinghi fest. Pascoe sah ihm zu, wie er ihnen sorglos den Rücken zukehrte, auf dem Felsen niederkniete und nach unten griff, um die Kiste heraufzuheben.

Yolande stieß ihn an und flüsterte: »Jetzt, Steve!«

»Warte.«

Mit zufriedenem Grunzen hievte Mython seinen Schatz an Land. Pascoe starrte die Kiste an und fragte sich, warum Mython wohl sein Leben eingesetzt hatte, um sie in Sicherheit zu bringen. In der Kiste befanden sich die Fotos von Yolande, derentwegen sie sich so sehr schämte. Die Fotos, die sie vernichten wollte, damit sie nicht Mercers Witwe in die Hände fielen.

Es war eine ziemlich kleine Kiste, kaum einen halben Meter lang, aber stabil gebaut und mit grünspanigem Messing beschlagen. Mython strich mit den Händen darüber. Wie er in seinem Taucheranzug am Strand hockte und sich über die Kiste beugte, sah er aus wie ein Seehund, der sein Junges schützen will.

Plötzlich richtete er sich auf. Pascoes Hand schloss sich warnend um Yolandes Arm. Mython ging auf die Hütte zu.

»Was will er nur?«, flüsterte Yolande.

»Er sucht eine Axt, denke ich.« Pascoe erhob sich lautlos.

»Steve!«

Sanft befreite er sich aus ihrem Griff und schlich zur Hütte.

Sein Plan war -so simpel, dass er nach seiner Meinung kaum schiefgehen konnte. Mython wollte die Kiste anscheinend so schnell wie möglich aufbrechen. Da er es kaum riskieren würde, in der Hütte die Lampe anzuzünden, war mit großer Wahrscheinlichkeit damit zu rechnen, dass er eine Axt oder einen Hammer holen und die Kiste im Freien öffnen würde.

Pascoe hörte, wie er in dem Werkzeugkasten in der Ecke herumsuchte. Die Hütte war sehr solide aus Eisenbahnschwellen errichtet. Sie hatte ein vergittertes Fenster und eine massive Tür, die sich nach außen öffnete. Pascoe wusste, dass die Tür durch einen rostigen Eisenhaken festgehalten wurde. Um ihn zu lösen, musste er sie etwas weiter öffnen. Drinnen klirrte Metall gegen Metall, bis Mython das gewünschte Werkzeug gefunden hatte. Also war er bereits auf dem Weg nach draußen. Es gab keine Zeit zu verlieren.

Pascoe stemmte beide Hände gegen die schwere Tür und schlug sie Mython vor der Nase zu.

Mython stieß einen überraschten Laut aus und fiel zurück. Dabei krachte die Axt gegen Stein. Pascoe legte den hölzernen Riegel vor und schob mit einiger Mühe auch noch die dicken eisernen Bolzen in die Halterung. In diesem Augenblick tauchte Yolande aus dem Schatten auf. Bevor sie etwas sagen konnte, legte er warnend den Finger auf die Lippen.

Je weniger Mython ahnte, umso besser war es.

Dieser hatte sich inzwischen von seinem Schrecken erholt und hämmerte gegen die Tür.

»Hör auf mit dem Blödsinn, Wally. Ich weiß, dass du es bist.« Seine sonst so sanfte Stimme klang schrill und durchdringend.

»Er glaubt, der Koch spiele ihm einen Streich«, flüsterte Yolande.

»Lass ihn ruhig.« Pascoe hob die Kiste mit beiden Händen hoch und schleppte sie bis an die Kante des Felsbandes. »Hinein mit dir!« raunte er Yolande zu. Sobald sie eingestiegen war, senkte er die Kiste mittschiffs ins Boot und kletterte hinterher. Der Motor sprang sofort an. Während sie sich von Witkop entfernten, hörten sie Mythons wütende Stimme hinter sich her schreien.

Pascoe lächelte erleichtert und hielt aufs Ufer zu. »Und was nun, Yolande?«, fragte er.

»Zuerst die Fotos, Liebling.«

»Das bedeutet aber, dass wir genau das tun, was Mython vorhatte: die Kiste aufbrechen.«

Sie schüttelte den Kopf. »Ich habe Mercers Schlüssel im Wohnwagen.«

»So?« Er hob erstaunt die Augenbrauen. »Nun, das erleichtert die Sache natürlich.«

»Steve, ich mache mir immer noch Sorgen wegen Mython.«

»Der sitzt für den Rest der Nacht auf Nummer Sicher.«

»Aber die Axt...«

»Es ist ja nur eine kleine Axt.« Er bemühte sich, die Zweifel zu unterdrücken. »Die Hütte besteht aus soliden Balken. Die kann er nicht so schnell entzweischlagen.«

Natürlich war es auch eine sehr alte Hütte. Möglich, dass einige der Balken verrottet waren. Daran hatte er bisher nicht gedacht.

»Ich bin froh, dass du ihn nicht verletzen musstest«, sagte sie.

Er nickte. Ihre Rücksicht freute ihn, und er war zufrieden mit seinem eigenen, unblutigen Sieg. Das war die einfachste Methode gewesen, aber nun machte er sich doch Gedanken.

Mython gab ihm immer noch Rätsel auf. Dass er unten im Augenblick der Gefahr seinen Luftvorrat mit ihm geteilt hatte, brauchte nichts zu besagen. So etwas erwartet man von einem Taucherkameraden einfach, mochte er ansonsten ein noch so großer Gauner sein. Etwas anderes galt es zu bedenken: Mython hatte für die Seekiste sein Leben eingesetzt und war zweifellos bereit, es noch einmal zu riskieren. Wenn ihm der Inhalt der Kiste so viel bedeutete, würde er vielleicht noch einen Schritt weitergehen und beispielsweise auch bereit sein, dafür zu töten...

Das Schlauchboot hüpfte über den letzten Brecher... Pascoe ließ das Boot auf den Sand auflaufen. Er lud sich die Kiste auf die Schulter. Dann half ihm Yolande, das Boot hochzuziehen.

»Komm!«, sagte er und betrachtete besorgt den Halbmond, der jetzt über dem Horizont erschien. »Wir müssen uns beeilen.«

Es wäre leichter gewesen, den ersten Teil des Weges auf dem festen Sand am Ufer zurückzulegen, aber dann wären sie in Sichtweite der Insel geblieben. Pascoe wollte nicht, dass Mython sie sah. Mit etwas Glück konnte er bisher nur raten, wer ihm die Kiste abgenommen hatte, da man aus dem einzigen Fenster der Hütte nichts sehen konnte als die Felswand dahinter.

»Es wird zwar schwieriger, aber ich denke, wir gehen den geraden Weg durch die Dünen«, sagte Pascoe.

Eine schweigende, gespenstische Welt von mondbleichem Sand und düsteren Schatten begrüßte sie. Yolande zog die Schuhe aus, trug sie in der einen Hand und hielt mit der anderen Pascoes freie Linke fest.

Sie machte ein paar Tanzschritte. »Steve, ich komme mir vor wie ein Vogel, dem plötzlich seine Freiheit wiedergeschenkt wurde. Du hast keine Ahnung, wie schwer mir diese Fotos auf der Seele gelegen haben.«

»In einer halben Stunde bist du sie los.«

»Und das verdanke ich dir.«

»Du verdankst es Mython.« Er rückte sich die schwere Kiste auf der Schulter zurecht. »Ich denke, wir werden bald wissen, warum er die Kiste haben wollte.«

»Ich glaube fast«, sagte sie nachdenklich, »dass er sie nur haben wollte, weil du sie wolltest.«

»Aber ich habe dir doch schon einmal gesagt, dass ich die Kiste ihm gegenüber niemals erwähnte.«

Yolande drückte seine Hand. »Sei doch nicht so empfindlich, Liebling. Mython ist nicht dumm und oft sehr misstrauisch. Ist dir noch nie aufgefallen, wie. er dich ansieht? Er hat mir gegenüber einmal erwähnt, es sei Zeitverschwendung, die Kabine vom Sand freizuräumen, zumal du doch nur brauchbare Ausrüstungsgegenstände suchtest. In der Kabine würde sich nur persönliches Zeug befinden, meinte er, und das sei größtenteils vom Seewasser verdorben. Als er dann die Leiche holte, muss er die Seekiste gesehen haben. Da wurde ihm klar, dass es diese Kiste war, für die du dich interessiert hast, und er wollte sie für sich haben.«

»Klingt vernünftig«, gab Pascoe zu. »Er hat vermutlich angenommen, dass eine Menge Geld drin ist.«

Sie lachte spöttisch. »Dann kennt er den armen Desmond Mercer nicht. Der besaß selten mehr als ein paar Cents.«

»Das begreife ich nicht, Yolande. Als Schiffseigner und Skipper muss er doch eine Menge Geld gehabt haben.«

»Das schon. Aber siehst du, er steckte immer bis an den Hals in Schulden. Er trank und spielte.«

»Schnaps und Spielkarten«, murmelte Pascoe. Er verdammte beides, weil es ihn nicht sonderlich interessierte.

»Und Frauen«, fügte Yolande bitter hinzu. Sie unterdrückte ein Schluchzen. »Steve, deshalb schäme ich mich jedes Mal, wenn du deinen Arm um mich legst.«

»Bitte, Liebling, rede nicht so!«, bat er.

»Aber du sollst doch verstehen, was in mir vorgeht.«

»Du sollst das alles vergessen, wenn du kannst - die Episode mit Mercer, meine ich. Betrachte sie als Teil deines Entwicklungsprozesses. Gott allein weiß, dass die wenigsten von uns wirklich unschuldig sind. Wir alle begehen Fehler. Wir alle schämen uns zuweilen der Dinge, die wir tun.«

Sie sagte zaghaft: »Du bist so verständnisvoll, Steve. Aber ich verdiene es nicht.«

»Unsinn!« Er lächelte sie an. Der Mond versilberte die Umrisse der Dünen. Am schwarzen Himmel funkelten wie Diamanten die Sterne. Es war eine liebliche Nacht.

Sie wählten den Weg durch die Mulden. Nur ab und zu setzte Pascoe seine Last ab, erklomm eine der Dünen und sah sich um.

»Immer noch nichts von Mython?«

Er schüttelte den Kopf. »Keine Spur.«

»Dann können wir ihn wohl vergessen, wie?«

»Nun, hoffen wir, dass er immer noch damit beschäftigt ist, ein Loch in die Wand der Hütte zu schlagen.«

Sie gingen weiter. Pascoe teilte ihre Erleichterung über die Bergung der Kiste. Er rückte sich das Gewicht auf der Schulter zurecht und dachte an all die Schwierigkeiten, die ihnen diese Kiste schon bereitet hatte. Ohne Yolandes inständiges Bitten hätte er sich niemals daran gemacht, die Kabine vom Sand freizuräumen. Dann wäre Mercers Leiche nicht entdeckt worden, und die Polizei hätte sich nicht für sie interessiert.

»Beeil dich, Steve!« .

Er musste über ihre Ungeduld lächeln. »Ich beeile mich ja ohnehin schon«, sagte er.

»Ich weiß, Liebling. Ich kann's nur nicht mehr erwarten.«

Nur diese Farbfotos mussten noch vernichtet werden, dann würde sie wieder ihre Ruhe finden und endgültig einen Strich unter ihre Beziehungen zu Mercer ziehen können.

Allmählich stahl sich der aromatische Duft der Büsche in die klare Nachtluft. Das sterile Weiß des Sandes wich dunklen Flecken. Die Lagune kam in Sicht. Das Wasser klatschte in gleichmäßigem Rhythmus an die flachen, schlammigen Ufer. Ein ständiges Flüstern und Raunen ging durch den Schilfgürtel.

Yolande zitterte und verlangsamte den Schritt. »Hier kriege ich immer eine Gänsehaut.« Sie deutete auf die schwarze Masse der Melkbos, die ihnen den Weg versperrten.

»Wenn du willst, umgehen wir die Bäume«, schlug Pascoe vor.

»Das dauert mir zu lang, Steve. Außerdem macht es mir nichts aus, wenn du bei mir bist.«

»Dann komm!«

Er ging voraus und suchte sich den Weg zwischen den kahlen, verkrüppelten Stämmen. Das dichte Laubdach verdunkelte die Sterne. Hier und da fiel wie ein matter Scheinwerferstrahl auf einer unheimlichen Bühne ein Bündel Mondlicht durch die Zweige. Die Stille war unheimlich und schien sie zu zwingen, kein Wort zu sprechen.

Pascoe hielt Yolande an der Hand fest. Im dichten Schatten der Bäume wuchs ohnehin kein Unterholz, und nur ein paar abgestorbene Äste lagen ihnen im Weg. Er hoffte, dass ihr Weg sie parallel zur Lagune führte. Er roch den herben Duft verrottenden Grüns, stagnierenden Wassers. Durch die Düsternis sang das hohe Sirren der Mücken.

Instinktiv vermied er die mondhellen Flecken und suchte den Schutz der Dunkelheit. Die scharfe Kante der Kiste grub sich in die Seite seines Halses. Kalter Schweiß lief ihm in Bächen unter dem Hemd hinab.

Vor sich sah er mondbeschienenes Wasser und die Umrisse von Ästen, die mühsam ein üppiges Laubdach trugen.

»Gleich haben wir's geschafft«, flüsterte Yolande.

»Psst!« Er blieb regungslos stehen und lauschte in die Richtung,. aus der sie eben gekommen waren. Das einzige Geräusch war der Gesang der Mücken. Er marschierte weiter und blieb erst am Rand der Lichtung stehen, auf der der Wohnwagen abgestellt war. Immer noch zögernd, sah er sich um. Seltsamerweise wehrte sich etwas in ihm dagegen, aus dem. schützenden Dunkel des Waldes hervorzutreten.

»Komm doch, Steve!« Yolande zog ihn an der Hand.

Er folgte ihr hinaus ins Freie und spürte unter seinen Füßen den weichen Teppich des Sumpfgrases. Die Grotte hat sich als ganz freundlich erwiesen, dachte er. Keine Gespenster hatten ihm aufgelauert - und eigentlich fühlte er sich darin recht sicher. Er musste über die eigene Ängstlichkeit lächeln. Es bestand kein Anlass zur Besorgnis, und

Yolande hatte es verständlicherweise eilig. Schon bald sollte ihre Hartnäckigkeit belohnt werden. Der Alptraum, der sie verfolgt hatte, würde dann von ihr genommen.

Pascoe setzte die Seekiste ab, während Yolande den Wohnwagen auf schloss.

»Kann ich das Gaslicht anzünden?«

»Ich denke schon«, antwortete er.

Sie riss ein Streichholz an. Der Glühstrumpf zischte leise und erfüllte das Innere des Wagens mit hellem Licht.

Steve blinzelte, hob die Kiste mit beiden Händen auf und trug sie bis zu dem Tisch mitten in dem schmalen, länglichen Wagen. Seegeruch hing an dem durchnässten Holz.

»Jetzt gehört sie dir, Liebling«, sagte er. »Hast du den Schlüssel?«

Sie öffnete eine Schublade. »Er liegt zwischen meiner Wäsche.«

»Anscheinend verstecken alle Frauen ihre Schlüssel in der Unterwäsche.« Er schüttelte in gespielter Verzweiflung den Kopf.

Sie fand den Schlüssel sofort und hielt ihn mit triumphierendem Lächeln hoch.

»Du scheinst eine Menge von Frauen zu verstehen, Steve.«

»Oh, nein«, wehrte er ab. »Ich gehöre nicht zu den Narren, die vorgeben, die Frauen ganz genau zu kennen. Das wenige, das ich weiß, habe ich auf die harte Tour lernen müssen.«

»Vielleicht ist das die beste Schule«, sagte sie.

»Ich würde sie keinem empfehlen.« Er lächelte schief und trat zögernd einen Schritt auf sie zu. Er sehnte sich danach, sie in die Arme zu schließen.

»Nicht jetzt, Steve.« Sie schob ihn sanft, aber bestimmt von sich weg. »Ich hab' so vieles im Kopf.«

»Ich verstehe«, murmelte er. Aber er war enttäuscht.

»Wenn du es wirklich verstehst, Steve - würdest du dann bitte hinausgehen, während ich die Kiste aufschließe? Ich möchte nicht gern meine Schande vor dir ausbreiten.«

»Verzeih, Yolande.« Er war ehrlich zerknirscht. Verdammt, in einem solchen Augenblick hatte sie wirklich das Recht, allein zu sein.

Er ging die Stufen hinunter, atmete die frische Nachtluft ein und suchte automatisch nach dem hellen Kreuz des Südens am dunklen Nachthimmel. Als er es entdeckt hatte, suchte er den schwarzen Saum der Baumgruppe ab. Es war kein Lebenszeichen zu bemerken.

»Steve.«

Es war Yolandes Stimme. Er ging die Stufen wieder hinauf und blieb in der Tür stehen.

»Was ist, Liebling?«

Sie sah ihn hilflos an. »Der Schlüssel - ich kriege ihn nicht ins Schloss.«

»Ist es auch bestimmt der richtige?«

»Ganz bestimmt.«

»Vielleicht ist Sand ins Schloss geraten. Lass mich mal versuchen.«

Es war ein kunstvoller und anscheinend sehr alter, stählerner Schlüssel. Auch die Kiste war alt. Sie bestand aus Mahagoniholz, das mit schweren Messingbeschlägen versehen war. So etwas stellt man heutzutage gar nicht mehr her.

Der Schlüssel ließ sich halb in die Öffnung schieben, blieb aber dann knirschend an einem Hindernis stecken.

»Sand.« Er sah hinüber zur Spüle in der Kochnische. »Vielleicht kann ich ihn herausschwemmen.«

Er stellte die Kiste schräg auf die Kante der Spüle und ließ aus einem Becher langsam Wasser ins Schlüsselloch laufen. Sand und trübes Wasser flössen heraus. Nach dem zweiten Becher gelang es ihm, den Schlüssel richtig ins Schloss zu schieben.

»Versuchen wir's noch einmal.« Er wischte die Kiste mit einem Küchentuch ab und stellte sie wieder auf den Tisch. »Ich bin wirklich nicht neugierig«, entschuldigte er sich. »Ich will dir nur beim Aufschließen helfen.«

Er drehte den Schlüssel vorsichtig hin und her, aber die Zuhaltungen des Schlosses waren immer noch von Sand verlegt. Erst nach einer ganzen Weile gaben sie zögernd nach. Behutsam erhöhte er den Druck.

»Kommt schon«, sagte er. »Ich will nur nicht den Schlüssel abbrechen.«

Mit vernehmlichem Klicken drehte sich der Schlüssel herum. Langsam, wie von selbst, hob sich der Deckel, von einer Feder getrieben, bis er senkrecht hochstand. Yolande hatte es so eilig, an den Inhalt heranzukommen, dass sie Pascoe fast beiseite stieß.

»Da hast du sie«, sagte er.

Er erwartete zumindest ein dankbares Lächeln, aber er wurde enttäuscht. Sie sah ihn nur stumm an und wartete darauf, dass er sie allein ließ. Unter der dünnen, feingefältelten Bluse hob und senkte sich ihre Brust. Sie war im

Begriffe, die sichtbaren Beweise ihrer Dummheit zu vernichten.

Plötzlich tat sie ihm unsagbar leid. Sie hatte Desmond Mercer geliebt. Jetzt kamen die alten Erinnerungen zweifellos zurück.

»Ruf mich, sobald du fertig bist, Yolande«, sagte er.

Sie sah ihn an und nickte. Er hatte den Eindruck, dass ihre grauen Augen ihn merkwürdig wachsam beobachteten, als fürchtete sie, dass er ihr im letzten Augenblick noch ein Hindernis in den Weg legen würde.

»Kopf hoch!« Er lächelte sie an und versuchte, auch ihrem angespannten, schönen Gesicht ein leises Lächeln zu entlocken. Aber sie sah an ihm vorbei und riss in plötzlichem Erschrecken die Augen weit auf. Er spürte, wie der Boden des Wohnwagens wippte - jemand war eingestiegen.

»Keine Bewegung, ihr beiden!«, befahl eine fremde Stimme.

Pascoe fuhr herum.

Die Stimme fuhr ihn an.

»Keine Bewegung, hab' ich gesagt!«

Der Fremde unterstützte seinen Befehl mit einer energischen Bewegung seines Revolvers. Man merkte ihm an, dass er die Drohung ernst meinte. Er hatte in der Art erfahrener Killer den Ellbogen dicht an den Körper gedrückt, damit die Hand sicherer wurde.

In diesem Augenblick erkannte ihn Pascoe. Mit dem Mann war eine nicht nur rein physische Veränderung vorgegangen. Ein neues Gebiss füllte zwar die eingefallenen Wangen und verliehen dem Gesicht einen harten, erbarmungslosen Zug, aber er hielt die Schultern gerade und straff und wirkte dadurch wie ein anderer Mensch. Eine

Kälte, eine Autorität ging von ihm aus, die von der Waffe nur noch unterstrichen wurde.

»Wally Walker«, sagte Pascoe.

Im selben Augenblick sah er hinter dem abgewinkelten Ellbogen Gesicht und Hand von Mython.

Auch Mython war kaum wiederzuerkennen. Die schwere Tür musste ihn mitten im Gesicht erwischt haben. Über dem Stirnbein hatte er eine Schwellung, die seine Augen fast verschloss und sie noch kleiner erscheinen ließ. Seine Nase war angeschwollen. Blut tröpfelte heraus. Er leckte es immer wieder ab.

In der erhobenen Hand hielt er die Axt.

Alles andere lief blitzschnell ab. Das stumpfe Ende der Axt traf Walker am Ellbogen. Der stieß einen Schrei aus. Sein Gesicht verzerrte sich vor Schmerz. Der Revolver fiel zu Boden. Walker wandte sich zur Seite und versuchte, sich dem Angreifer entgegenzustellen, gleichzeitig aber mit der Linken nach dem Revolver zu angeln. Da maß Mython sorgfältig den Abstand ab und schlug noch einmal zu, diesmal nicht mit der Axt, sondern mit der Faust. Walker ging zu Boden. Sein Gesicht lag im Staub des Wohnwagens. Das zerbrochene Gebiss hing ihm halb aus dem Mund.

Dieser Angriff folgte so unmittelbar auf Walkers Erscheinen, dass Pascoe kaum rasch genug schauen konnte. Erst jetzt erholte er sich und tauchte nach der Waffe, aber Mythons mächtige Pranke hielt sie bereits umfasst. Wortlos, immer noch aus der Nase blutend, ging er auf Pascoe und das Mädchen zu. Mit einem drohenden Stoß der Revolvermündung schob er die beiden von der Kiste fort.

»Ich will euch beiden nicht wehtun, Skipper«, sagte er dann mit seinen zerschlagenen Lippen.

»Was willst du hier, Mython?«

Die kleinen Schweinsäuglein streiften Yolande mit einem flüchtigen Blick.

»Sie weiß es«, murmelte er.

Yolande stand in der Nähe der offenen Seekiste. Sie fuhr mit der Hand hinein und zog eine Mappe mit Fotos heraus.

»Suchen Sie das hier, Mr. Mython?«

Verächtlich streute sie den Inhalt der Mappe zu seinen Füßen aus.

Mython sah zu Boden. Seine Äuglein wurden starr. Pascoe gestattete sich nur einen einzigen, raschen Blick. Er erkannte Yolande, ihre vollen, zartgetönten Brüste, den blassen Leib, das dunkle Dreieck ihrer Schamhaare. Dann schlug er zu.

Mit der Schuhspitze erwischte er Mython genau am Handgelenk. Der Revolver flog davon. Er landete sanft auf einer der Pritschen, aber da bearbeitete Pascoe bereits das schwer mitgenommene Gesicht mit den Fäusten. Er war auf einen Knockout aus. Er war der bessere Boxer, rascher, geübter, auch wenn ihm Mythons urwüchsige Kraft fehlte.

Der Dicke taumelte vor der Wucht des Angriffs zurück. Langsam und erstaunt schüttelte er den Schädel. Dabei verspritzte er Blut aus seiner verletzten Nase.

In einer Blutlache glitt Pascoe aus. Er stolperte, und bevor er sich wieder fangen konnte, war Mython schon über ihm. Ein mächtiger Arm legte sich wie eine Klammer von hinten um Pascoes Kehle.

Der gnadenlose Druck öffnete Pascoe die Augen. Einstige Freundschaft zählte hier nicht mehr. Die Beute, worin sie auch bestehen mochte, löschte für Mython jegliche Rücksicht aus. Von nun an galt nur das Recht der blanken Fäuste. Es ging hart auf hart, auf Gedeih und Verderb. Es ging ums nackte Leben.

Pascoe zog die Schulter ein und drängte von Mython weg. Dann stieß er dem anderen das Knie von unten in den Leib. Mython gab ein würgendes Röcheln von sich, ließ los und krümmte sich. Als sein Kopf sich vorbeugte, schmetterte ihm Pascoe das Knie in das blutige, verschwollene Gesicht.

Der Wohnwagen schwankte, als Mython zu Boden ging. Seine schlaffe Hand streifte Pascoes Knöchel. Pascoe atmete schwer und rasselnd. Er achtete nicht auf diese Hand, aber es kehrte unversehens wieder Kraft in sie zurück. Sie schloss sich um seinen Fußknöchel und riss ihn zu Boden.

Verzweifelt rangen sie miteinander, rollten über den Boden und stießen auf dem engen Raum irgendwo an. In der Nähe der Tür blieben sie liegen. Pascoe war obenauf. Er drückte den Gegner zu Boden und griff nach seiner Kehle.

Da fand Mythons tastende Hand die Axt.

Er besaß fast keine Kraft mehr, aber es gelang ihm doch noch, die Axt zu heben und nach Pascoes Kopf zu zielen. Pascoe duckte sich.

In diesem Augenblick gab es eine ohrenbetäubende Explosion. Gleichzeitig spürte Pascoe einen harten Schlag und einen brennenden Schmerz auf der einen Seite seines Gesichts. Er hatte das Gefühl, als hätte ihm jemand den halben Kopf weggeschossen.

Voller Schmerz und Verwirrung drehte er sich zu Yolande um. Er sah ihre Hand mit dem Revolver schlaff hinabhängen.

Dann öffneten sich ihre Finger, und die Waffe polterte zu Boden. Yolande klappte in der Mitte zusammen. Ihr Gesicht bekam einen verwunderten Ausdruck.

Als sie schon umkippte, bemerkte er die Einschusswunde in ihrer Brust, aus der ein Blutstrahl quoll.

Dreizehntes Kapitel

Schon um zehn Uhr morgens war es in dem neuen Gerichtsgebäude von Swartland sehr heiß. Pascoe saß zusammen mit den anderen auf der Zeugenbank. Glücklicherweise hatte er ein offenes Fenster in der Nähe, durch das er draußen auf dem Rasen die Wassersprüher rauschen hörte. Manchmal drang sogar ein leiser Duft nach feuchter Erde herein, eine angenehme Abwechslung bei dem Geruch nach Farbe und schwitzenden Menschen.

Die rechte Seite von Pascoes Gesicht war angeschwollen und mit einem Pflaster verklebt. Die Wunde schmerzte noch, besonders beim Essen und Sprechen, obwohl beides ihm in den letzten Tagen keine rechte Freude gemacht hatte. Mit körperlichen Schmerzen konnte er fertig werden.

Er faltete die Arme und spannte die Muskeln, als müsste er sich gegen den Ansturm der Erinnerungen wappnen.

»Bitte Ruhe«, rief der Gerichtsdiener. *»Stilte in die hof.«* Das unterdrückte Raunen verstummte, die Menschen erhoben sich. Der Untersuchungsrichter trat ein, warf einen Blick auf die große Wanduhr, als wollte er auf seine berühmte Pünktlichkeit aufmerksam machen, und nahm dann am Richtertisch Platz.

Feierlich schraubte er seinen Füllhalter auf und gab dem Publikum Gelegenheit, sich wieder zu setzen. Pascoe stellte nüchtern fest, dass der Richter etwas täuschend Sanftes an sich hatte. Die rosa Wangen und das Doppelkinn erinnerten an irgendeinen Lieblingsonkel, aber der Mund bildete eine schmale, harte Linie, und die blauen Augen blickten zynisch und ohne jede Illusion.

Er begann mit monotoner Stimme, als sei er persönlich an diesem Ritual völlig unbeteiligt. »Auf Ansuchen der Polizei sollen zwei Todesfälle untersucht werden, und zwar der von Desmond Lane Mercer, sechsunddreißig, Kapitän eines Fischtrawlers, und der von Yolande Jaqueline Olivier, vierundzwanzig, Künstlerin, die sich beide in diesem Gerichtsbezirk ereigneten und deren Begleitumstände der Gerichtshof festzustellen hat.«

Als Yolandes Name erwähnt wurde, war von einer schwarzgekleideten Frau vor Pascoe ein kaum vernehmliches Schluchzen zu hören. Es war Yolandes Mutter. Aber nur das Grau ihrer Augen und die Form der Augenbrauen erinnerten an die lebhafte Schönheit der Tochter.

Neben ihr saß ein massiger Mann mit wettergebräuntem Stiernacken: Yolandes Stiefvater, der Schichtführer aus der Kupfermine. Ungeschickt drückte er seiner Frau ein großes, weißes Taschentuch in die Hand.

Der Richter setzte eine goldgeränderte Brille auf und warf einen Blick auf den jungen Mann in der blauen Uniform der südafrikanischen Polizei, den der Staatsanwalt aufgerufen hatte.

»Sie können beginnen, Lieutenant du Plessis.«

»Hohes Gericht.« Der Kriminalbeamte stand stramm. Er öffnete sein Aktenstück mit den eidesstattlichen Erklärungen der Zeugen, die er dem Gericht vorzulegen hätte.

Pascoe hörte unbeteiligt zu. An jenem Abend war Yolande im Wohnwagen in seinen Armen gestorben. In seiner Brust war dabei noch etwas anderes gestorben, und er kam sich so blutleer und ausgetrocknet vor wie ein kleines, sonnengetrocknetes Seevarkie - wie es die farbigen Fischer als Wetterwarnung auf einer Leine hochziehen.

In diesem Augenblick hörte er die Aussage eines solchen farbigen Fischers. Der Mann hatte als Maat auf der *Blushing Bride* gearbeitet. Er gab zu, dass es am Abend des Unglücks keinerlei Maschinenschaden gegeben hatte: Kapitän Mercer hatte aus privaten Gründen die Witkop-Bucht angelaufen und der Mannschaft Landurlaub bis Mitternacht gegeben. Johannes de Kok, der Schiffskoch, sei mit ihm zurückgeblieben. Der Kapitän kannte Koks Vorstrafen. Er hatte ihn mehrfach niedergeschlagen, wenn de Kok im Rausch ausfallend geworden war. Aber wenn alles vorüber war, trugen sie einander nichts nach. In gewisser Weise waren Kapitän und Koch sogar Freunde gewesen, soweit das zwischen einem Weißen und einem Farbigen möglich war.

Der Richter stellte einige Fragen.

»Ja, de Kok hat an jenem Abend getrunken - der Kapitän übrigens auch.«

Auch der nächste Zeuge war ein Farbiger, ein Arbeiter auf der Farm Duinfontein. Er konnte nicht die genaue Zeit angeben, aber es war schon dunkel gewesen, als er den *Baas*, Meneer Pickard, zum Strand hinuntergehen sah. Er sei ihm gefolgt, zum Teil aus Neugier, zum Teil auch um auf ihn achtzugeben. Er war ein guter *Baas*, ein Vater seiner Arbeiter. Der *Baas* habe einen Gummianzug angezogen, wie auch Meneer Pascoe und seine Männer welche hätten, und sei dann zu dem verankerten Trawler hinausgeschwommen. Er sei etwa fünf Minuten an Bord geblieben, und als er wieder wegschwamm, hätte sich das Schiff vom Anker losgerissen und sei gegen die Insel Witkop geschleudert worden. Es hätte furchtbar gekracht, und dann sei das Schiff schlagartig gesunken. Er selbst sei zur Farm zurückgelaufen, ohne aber jemandem etwas zu sagen.

»Und warum hat er nichts gesagt?«, fragte der Richter bissig.

»Er hatte Angst, Sir, und der *Baas* sollte nicht erfahren, dass er ihm nachspioniert hatte.«

»Lassen wir diese Frage im Augenblick, Lieutenant. Hat dieser Bursche nicht auch die Leiche entdeckt? Ich meine, die alte Mumie auf Witkop?«

»Ja, das war der Mann, Sir. Er sammelte vor etwa zwei Monaten etwas Guano für den Gemüsegarten und stieß in einer der Felsspalten auf die Leiche. Er berichtete Mr. Pickard davon. Pickard untersuchte sie und gab dann Anweisung, sie wieder mit Guano zu bedecken.«

Der Richter sah den Zeugen durchdringend an.

»Stimmt das, Klaassens?«

»So wahr mir Gott helfe, *Baas*.«

Der Richter presste die Fingerspitzen zusammen und starrte vor sich hin.

»Und was hat Pickard dazu zu sagen?«

»Ich habe seine Aussage hier, Euer Ehren. Wie Sie wissen, befindet er sich noch im Krankenhaus.«

»Wird er dort noch länger bleiben müssen?«

»Noch etwa einen Monat«, sagte der Arzt. »Seine Genesung macht gute Fortschritte.«

Lieutenant du Plessis begann Lex Pickards Aussage vorzulesen, ehe er sie dem Gericht überreichte.

Pascoe hörte zu und spürte in seinem leeren Herzen einen Funken Sympathie für Lex. Auch er hatte Yolande geliebt. Seit sie ein kleines Schulmädchen war, hatte er sie ebenso hoffnungslos wie verzweifelt geliebt.

In Lex Pickards Aussage wurde vieles zugegeben. Als er hörte, dass der Trawler *Blushing Bride* vor Witkop ankerte und dass Mercer immer noch an Bord war, schwamm er kurz nach neun Uhr abends hinaus zum Trawler. Es war seine Absicht, Mercer, einen verheirateten Mann, der mit Miss Oliver eine Affäre hatte, zur Rede zu stellen, denn Lex betrachtete sich als Beschützer des Mädchens.

»Ich hatte erfahren, dass Mercer, abgesehen von seinem farbigen Koch, allein an Bord war. Ich rief den Trawler vom Wasser aus an, bekam aber keine Antwort. Über ein Seil am Heck kletterte ich an Bord, fand das Schiff verlassen vor und Mercer tot in seiner Kabine. Er war von hinten erstochen worden.

Plötzlich wurde mir klar, dass es um mich sehr schlecht stand, insbesondere angesichts meiner offen zum Ausdruck gebrachten Meinung, dass Mercer ein übler Bursche und Weiberheld sei. In meiner Panik schnitt ich das Ankertau durch und schwamm an Land. Der Trawler wurde gegen die Felsen von Witkop geschleudert und versank.«

Der Richter runzelte die Stirn. »Aber warum sollte der Mann in Panik geraten, Lieutenant? Da de Kok fehlte, war doch ziemlich klar, was geschehen war.«

»Dieselbe Frage habe ich ihm auch gestellt. Er konnte mir keine zufriedenstellende Antwort geben. Deshalb stationierte ich für alle Fälle einen Polizeibeamten an seinem Bett.«

»Ich sehe nicht ein, was das soll«, sagte der Richter scharf. »In seinem Zustand dürfte er doch wohl kaum einen Fluchtversuch unternehmen.«

»Richtig, Sir.« Du Plessis nickte zustimmend. »Aber Johnson bekam etwas zu Ohren, was ich als Beweisstück einreichen möchte. Ich werde ihn später auf rufen.«

Der Richter sah auf die Uhr. »Aber bitte nicht zu spät. Lieutenant, fahren Sie fort.«

Lex gab in seiner Zeugenaussage ganz offen die Versuche zu, eine Entdeckung der Leiche durch die Bergungsmannschaft zu verhindern: den Knick in der Luftleitung, das Spiel mit der Leiche am Fenster, die verhüllten Warnungen an Pascoe. Er entschuldige sich insbesondere bei Steven Pascoe, gab er zu Protokoll, da ihm die Sache leid tue.

Pascoe sah hinauf zum Richtertisch und begegnete einem nüchternen Blick.

»Ich hoffe, das tut Ihnen wohl, Mr. Pascoe.«

Pascoe erhob sich halb und verneigte sich. Es gehörte schon mehr dazu als eine Entschuldigung von Lex, damit er sich wieder wohler fühlte. Wortlos nahm er wieder Platz.

»Die nächste Zeugin, Euer Ehren, ist Miss Nellie Jonkers, Hausmädchen auf der Farm Duinfontein.«

Nellie erhob sich, als ihr Name aufgerufen wurde. Pascoe und die anderen Zuschauer drehten sich zu ihr um. Sie trug ihr Feiertagsgewand, als wollte sie zur Kirche oder zu einer Beerdigung gehen. Ihr schwarzes Kleid war um die Wespentaille mit einem breiten Gürtel aus Leder oder höchstwahrscheinlich Kunstleder zusammengehalten, und sie trug einen weißen Strohhut mit schwarzem Samtband.

Du Plessis begann ihre Zeugenaussage zu verlesen. Pascoe beugte sich vor und verengte die Augen. Das alles war ihm neu.

»An dem Nachmittag, als der Trawler strandete, besuchte Miss Yolande Olivier Mr. Pickard auf Duinfontein. An jenem Abend schlich sie sich unmittelbar nach dem Abendessen aus dem Haus. Ich folgte ihr hinunter zum Strand. Sie zog ihren Badeanzug an und schwamm hinaus zum Trawler. Ich kehrte sofort zur Farm zurück und berichtete es Mr. Pickard.«

Pascoe schloss die Augen, beugte sich vor, presste die Fingerspitzen gegen die Stirn. So also war das alles gekommen. Lex hatte von der eifersüchtigen Nellie erfahren, dass Yolande zum Trawler hinausgeschwommen war, um ihren Liebhaber zu besuchen. Dann war er ihr gefolgt, entschlossen, diese Angelegenheit so oder so zu einem Ende zu bringen.

»Der Baas war sehr aufgeregt«, fuhr du Plessis mit seiner exakten Stimme in der Aussage fort. *»Er goss sich einen großen Brandy ein und trank ihn in einem Schluck aus. Für gewöhnlich trinkt er vor dem Abendessen keinen Alkohol. Ich fragte ihn, ob er noch etwas wünsche, aber er schüttelte nur den Kopf und ging in sein Studierzimmer. Dort bewahrt er seine Waffen auf - in einem abgeschlossenen Schrank -, und ich lauschte, weil ich Angst hatte, dass er eine davon herausholen würde.«*

»Einen Augenblick, Lieutenant.« Der Richter hob die Hand. Er sah die Zeugin an. »Warum hatten Sie Angst?«, fragte er.

Pascoe betrachtete Nellie. Ihre mühsam erlangte Haltung fiel von ihr wie eine Maske ab. Vor der furchterregenden Autorität des Hohen Gerichts war sie nichts weiter als ein ängstliches farbiges Mädchen vom Land, geduckt und unterwürfig.

»Bringen Sie sie in den Zeugenstand, Lieutenant«, befahl der Richter.

Du Plessis begleitete Nellie in den Zeugenstand und nahm ihr den Eid ab.

»So, mein Mädchen, beantworte mal meine Fragen. Warum hattest du Angst?«

»Baas...« Nellie starrte auf ihre weißen Baumwollhandschuhe hinab. »Es war sein Gesicht – als ob ihm jemand gesagt hätte, dass seine Mama tot ist. Es war so ein Blick, *Baas*. Ich hab' Angst gehabt, dass er sich selbst erschießt...«

»Aber du hast keine Angst gehabt, dass er vielleicht Miss Oliviers Liebhaber erschießen könnte?«

Nellie presste die Hand vor die Lippen und rollte mit den Augen. »Nein, *Baas*, nein.« Ihre Stimme zitterte. »Meneer Pickard - er ist ein richtiger Gentleman, *Baas*.«

»Auch Gentlemen haben gelegentlich dergleichen getan«, sagte der Richter missmutig. »Du hast also vor der Tür gestanden und gelauscht? War das alles? Hast du nicht durchs Schlüsselloch gesehen? Antworte, Mädchen.«

Pascoe hatte den Eindruck, dass Nellie sich redliche Mühe gab, die Frage zu beantworten. Ihr Mund ging auf und zu, aber im gleichen Augenblick gaben ihre Knie nach, und sie brach im Zeugenstand zusammen.

»Sie ist ohnmächtig geworden, Euer Ehren«, sagte du Plessis.

»Das sehe ich, Lieutenant. Aber wir können nicht den ganzen Tag warten. Ein paar von ihren Freunden sollen sie an die frische Luft bringen und diesen albernen Gürtel lockern. Ich werde sie später weiter vernehmen.«

Eilig wurden die Anweisungen des Richters ausgeführt.

»Und nun, Euer Ehren, möchte ich gern Captain de Wahl aufrufen«, sagte du Plessis.

»Ist das einer Ihrer Beamten?«

»Nicht unmittelbar, Sir. Aber ich glaube, dass er zu beiden Todesfällen sehr Wesentliches auszusagen hat.«

Ein mittelgroßer Mann von etwa fünf und vierzig Jahren trat in den Zeugenstand. Er hielt sich sehr aufrecht, die Schultern waren gestrafft, und sein brauner Schneideranzug saß ihm wie eine Uniform. Um seinen braungebrannten Schädel wuchs ein knappgeschnittener, grauer Haarkranz. Aus dem kräftigen, wettergebräunten Gesicht blickten ruhige und wache braune Augen.

Es fiel Pascoe wieder schwer, seine Haltung, seine Erscheinung, seine knappe, feste Stimme mit der Person Wally Walkers in Einklang zu bringen, dem Alkoholiker, Strandläufer und hervorragenden Koch.

Der Mann nannte seinen Namen - Etienne Munnik de Wahl - und legte seinen Eid ab.

»Sie gehören dem Diamantendezernat der südafrikanischen Polizei an und bekleiden den Rang eines Captain?«, fragte der Staatsanwalt.

»Stimmt.«

»Sie sind in Oranjemund in Südafrika stationiert. Würden Sie bitte dem Gericht erklären, was Sie nach der Witkop-Bucht führte?«

»Hohes Gericht.« Der Mann, den Pascoe insgeheim immer noch Wally Walker nannte, stützte seine Hände auf den Rand des Zeugenstandes und wandte sich an den Richter. »Im Zuge langfristiger Ermittlungen über den Verlust von Diamanten aus den alten Terrassen an der Küste Südafrikas, kam uns der Name Desmond Mercer zur Kenntnis. Wie Sie wissen, Sir, ist es für die Arbeiter in den Diamantenminen nicht schwierig, an ungeschliffene Steine heranzukommen. Die Schwierigkeit besteht jeweils darin, sie hinauszuschmuggeln, da zu den Sicherheitsvorkehrungen beleuchtete Stacheldrahtzäune, Röntgenuntersuchungen und so weiter gehören.«

»Wollen Sie damit sagen, Captain de Wahl, dass der Ermordete in den Diamantenschmuggel verwickelt war?«

Der Captain nickte. »Genau, Sir. Ich will nicht behaupten, dass er den Schmuggel gewohnheitsmäßig betrieb, aber wir haben begründeten Anlass zu der Annahme, dass dies innerhalb der letzten achtzehn Monate sein zweiter Versuch war. Beim ersten Mal ging es nur um sehr wenige Diamanten, und es handelte sich wahrscheinlich um eine Art Generalprobe.«

»Und diesmal?«

»Laut unserem Informanten - einem Ovambo-Arbeiter, der bei einer Auseinandersetzung im Lager schwer verwundet wurde - waren die Diamanten, die er auf seiner letzten Reise abholte, von einem Syndikat der Arbeiter im Laufe der letzten eineinhalb Jahre zusammengestohlen worden. Das ist die Frist, die seit der letzten erfolgreichen Fahrt verstrichen war.«

»Und der Wert der Steine?«

»Annähernd zweihunderttausend Rand.«

Ein Raunen ging durch den Gerichtssaal.

Pascoe ließ sich nichts anmerken, aber innerlich schreckte er vor dem zurück, was diese Aussage zu bedeuten hatte.

Der Captain fuhr fort: »Natürlich schlagen sich solche Verluste, zumindest teilweise, in den monatlichen Schätzungen nieder, so dass sie nicht unbemerkt bleiben. Unsere Theorie, die sich weitgehend als richtig erweisen sollte, bestand darin, dass die Diamanten auf dem Minengelände gesammelt wurden. Wir führten mehrere Razzien durch, aber wir fanden nichts. Daraufhin verschärften wir die Sicherheitsvorkehrungen und stellten fest, dass nur noch sehr wenige Steine hinausgeschmuggelt wurden. Es gab nur noch eine einzige Alternative, die wir zunächst wegen der starken Brandung und der strikten Sperrung des Ufergeländes außer Acht gelassen hatten: dass sie übers Meer hinausgelangten.«

»Und wie geschah das?«

Ein leises Lächeln bildete Fältchen um die Augen des Kriminalbeamten. »Euer Ehren, ich bin bereit, Ihnen das unter vier Augen mitzuteilen, falls Sie diese Information für wesentlich erachten.«

Der Richter hob abwehrend beide Hände und gestattete sich einen der Scherze, mit denen er üblicherweise jede noch so ernste Gerichtsverhandlung aufzulockern versuchte.

»Behalten Sie das lieber für sich, Captain. Schließlich werde ich mich nächstes Jahr zur Ruhe setzen und oft fischen gehen.«

Leises Kichern war zu hören. Macht weiter, dachte Pascoe wütend, bringt dieses verdammte Ding hinter euch. Er wäre am liebsten aus dem Gerichtssaal davongelaufen, um der Qual zu entgehen, jedes Detail dieser furchtbaren Geschichte noch einmal erleben zu müssen.

Er sah, dass am Pressetisch die Reporter englischer und afrikanischer Zeitungen eifrig ihre Notizen machten. Für sie war das ein gefundenes Fressen: Diamantenschmuggel, Schiffskatastrophe, Mord, Geheimfach in einer messingbeschlagenen Kiste, die heimlich aus einem Wrack herausgeholt wird, pornographische Bilder, der Tod eines schönen Mädchens, das die Geliebte des Ermordeten war...

»Euer Ehren«, sagte der Beamte, »als wir erfuhren, dass sich die Diamanten an Bord der *Blushing Bride* befanden, flog ich nach Kapstadt, um die Ankunft des Trawlers abzuwarten. Natürlich arbeitete ich mit der dortigen Polizei zusammen. Leider versank noch in derselben Nacht der Trawler in der Witkop- Bucht, und der Kapitän Desmond Mercer wurde vermisst. Man nahm an, dass er ertrunken war.«

»Und die Diamanten?« Der Richter hob fragend die Augenbrauen.

»Wir glaubten, dass sie sich noch im Wrack befanden, Euer Ehren. Erst als Mercers Leiche entdeckt wurde, kamen mir Zweifel.«

»Und was haben Sie inzwischen getan, Captain de Wahl?«

»Inzwischen, Sir, beschloss ich nach Absprache mit meinem Vorgesetzten, die Diamanten dort zu lassen, wo sie waren, und das Wrack genau zu überwachen.« Er warf Pascoe einen flüchtigen Blick zu. »Ich glaubte nämlich nicht, dass Mercer allein arbeitete. Nach meiner Ansicht musste jemand hinter ihm stehen: Ein Mann, der skrupelloser und klüger war als er. Diese Person wollten wir fangen, deswegen ließen wir die Diamanten an Ort und Stelle. Die *Blushing Bride* war ein alter Holztrawler, der in fünfundvierzig Meter Wassertiefe lag. Niemand interessierte sich für die Bergungsrechte - niemand mit Ausnahme von Steven Pascoe.«

Pascoe senkte den Blick. Er spürte, wie sich die Leute nach ihm umdrehten, und diese Neugier störte ihn. Aber er ließ sich nichts anmerken. Schon bald würden sie an seinen Lippen hängen, und er wusste nicht recht, was er sagen sollte.

»Soll ich das so verstehen«, fragte der Richter, »dass Sie die Diamanten als Köder in dem Wrack ließen, um Mercers Komplicen anzulocken?«

»Stimmt, Euer Ehren.« Der Beamte fuhr in seiner Aussage fort, aber Pascoe konnte sich nicht mehr ganz darauf konzentrieren. Ihm gingen zu viele andere Dinge durch den Kopf. De Wahl berichtete, wie es ihm gelungen war, sich von der Bergungsmannschaft anheuern zu lassen, um seine Beobachtungen besser ausführen zu können. Er hätte alles genau untersucht, was aus dem Wrack heraufgebracht worden war, darunter auch ein Brillenetui, das sich später als Eigentum von Alexander Pickard herausstellte.

»Und wo befindet sich dieses Brillenetui jetzt?«, fragte der Richter. »Es scheint mir ein wertvolles Beweisstück zu sein.«

»Das Etui ist verschwunden, Sir.«

»Sie meinen, jemand hat es an sich genommen?«

»Vermutlich, Euer Ehren.«

Aber Captain de Wahl ließ sich nicht ablenken. Er berichtete, wie er Pascoe und Yolande Olivier überraschte, als sie in dem Schlauchboot von Witkop herüberkamen und die Seekiste bei sich hatten.

»Damals, Euer Ehren, glaubte ich noch, das Pascoe in meiner Abwesenheit zum Wrack hinabgetaucht war, um die Kiste heimlich zu bergen. Also folgte ich ihnen zum Wohnwagen am Rand der Lagune und ließ ihnen genügend Zeit, die Kiste zu öffnen, bevor ich sie überraschte.

Es war meine Absicht, die beiden in flagranti zu ertappen und zu verhaften.«

»Und was geschah dann, Captain de Wahl?«, fragte der Richter mit boshaftem Unterton.

»Ich wurde von hinten niedergeschlagen, Sir.«

»Sie sahen also nichts von der nachfolgenden Auseinandersetzung zwischen Ihrem Widersacher und diesem Pascoe?«

»Nichts, Sir.«

»Und auch nichts von den Ereignissen, die zum Tod von Yolande Olivier führten?«

Wieder sah der Kriminalbeamte Pascoe an.

»Nein, Sir. Als ich wieder zu mir kam, war sie schon tot.«

»Vielen Dank, Captain de Wahl«, sagte der Richter. »Das ist vorläufig alles.«

Der Staatsanwalt blätterte in seinen Unterlagen und sah dann den Richter an.

»Steven St. Ives Pascoe.«

Der Staatsanwalt hatte zwar die Aussage vor sich liegen, aber er deutete auf den Zeugenstand. Anscheinend wollte der Richter die Aussage unmittelbar hören.

Nach den üblichen Einleitungen und einer kurzen Darstellung der Tatsachen, wobei auch die pornographischen Fotos erwähnt wurden, berichtete Pascoe, wie Yolande Olivier an ihn herangetreten war und ihn um seine Mithilfe bei der Bergung von Desmond Mercers Seekiste gebeten hatte.

»Soll ich das so verstehen, Mr. Pascoe, dass Sie zu diesem Zeitpunkt nicht vermuteten, dass die Kiste etwas von großem Wert enthielt?« Der Richter sah ihn über seine goldgeränderte Brille hinweg an.

Pascoe schüttelte den Kopf. »Ich hatte keine Ahnung, und ich glaube, auch Yolande - Miss Olivier - ahnte nichts. Natürlich war sie um ihren Ruf besorgt, der gefährdet war, wenn die Seekiste geborgen wurde. Und noch mehr beschäftigte sie die Möglichkeit, dass der Inhalt vollständig an Desmond Mercers Witwe zurückgegeben werden könnte und dass damit das Bild, das Mrs. Mercer sich von ihrem Mann machte - sie betete ihn an - für immer zerstört werden könnte.«

»Und Sie glaubten diese Geschichte, die Miss Olivier Ihnen erzählt hat?«

»Ich hatte damals keinen Anlass, sie anzuzweifeln, Sir. Und ich glaube sie auch heute noch. Ihre Sorge um Mrs. Mercer, der sie Unrecht getan hatte, war echt.«

»Hm«, brummte der Richter. Seine blauen Augen sahen noch nüchterner drein. »Würden Sie sagen, dass Sie leicht zu beschwindeln sind, Mr. Pascoe?«

Pascoe fuhr auf. »Eigentlich nicht, Sir. Aber ich suche auch nicht nach dem Bösen in den Menschen, falls Sie das meinen.«

»Captain de Wahl scheint es nicht schwergefallen zu sein, Ihnen Sand in die Augen zu streuen.«

»Das stimmt. Ich hatte den Eindruck, dass er ein bekehrter Alkoholiker war, den das Pech verfolgte, der hungrig und arbeitslos war. Er tat mir leid.«

»Tut er Ihnen immer noch leid?« Der Richter liebte seine kleinen Scherze. Die Zuhörer kicherten und stießen einander an.

Der Wachtmeister klopfte auf den Tisch. »Ruhe im Gerichtssaal!«

»Mir tun mehrere Personen leid, die in diesen Fall verwickelt sind, Sir. Insbesondere die Opfer und ihre Verwandten.«

Er sagte das ruhig und bitter und war froh über die Gelegenheit, den Richter zurechtweisen zu können.

Der Richter räusperte sich. »Es darf selbstverständlich vorausgesetzt werden, Mr. Pascoe, dass die Angehörigen der Verstorbenen das volle Mitgefühl dieses Gerichts genießen.« Er setzte seine Brille wieder auf. »Sie sagten uns, dass Sie sich auf Miss Oliviers Bitten bereit erklärten, die Kabine freizulegen. Berichten Sie uns, was Sie fanden.«

Pascoe berichtete, wie er Mercers Leiche entdeckte, wie sie nachher von Mython geborgen wurde und dass der aufkommende Südost danach die weitere Arbeit an dem Wrack vereitelte.

»Und Ihr Freund Mython hat dann, so glaube ich, von sich aus die Kiste in der Nacht geborgen, als die Witterungsbedingungen sich wieder besserten«, sagte der Richter.

»Das stimmt, Sir. Er tat es ohne mein Wissen und ohne meine Anweisung. Er war mein Angestellter, und obwohl ich sonst keine scharfe Trennung zwischen dem persönlichen Besitz von Kapitän und Mannschaft mache, gehörten doch die Bergungsrechte an dem Wrack mir allein.«

»Deshalb nahmen Sie ihm die Kiste ab, Mr. Pascoe?«

»Ich nahm sie ihm ab, Sir, nachdem ich ihn in der alten Hütte der Guano-Sammler auf Witkop eingeschlossen hatte. Miss Olivier und ich interessierten uns nur für die Briefe und Fotos in dieser Kiste. Wir brachten sie zu dem

Wohnwagen, wo Miss Olivier den Schlüssel aufbewahrte. Wir hatten die Kiste gerade geöffnet, als der Mann, den ich jetzt als Captain de Wahl kennengelernt habe, uns mit vorgehaltenem Revolver befahl, von der Kiste wegzutreten.«

»Fahren Sie fort, Mr. Pascoe.«

»Danach ging alles sehr rasch, Euer Ehren. Mython tauchte auf; es gelang ihm, Captain de Wahls Revolver in seinen Besitz zu bringen und ihn niederzuschlagen. Dann bedrohte er uns...« Pascoe zögerte und presste die Hand an die Stirn, als falle es ihm schwer, sich zu erinnern. »Um ganz ehrlich zu sein: Er bedrohte uns eigentlich nicht, sondern erklärte, dass er nicht die Absicht hätte, uns beiden ein Leid anzutun. Er wolle jedoch die Kiste in seinen Besitz bringen. Es gelang Miss Olivier, ihn abzulenken. Ich nahm die Gelegenheit wahr und entwaffnete ihn. Wir rangen miteinander und rollten über den Boden des Wohnwagens. Yolande konnte nach dem Revolver greifen...«

Er senkte den Blick und schloss die Augen. Wieder einmal stand die Szene lebhaft vor seinen Augen.

»Sie drückte ab«, sagte er schließlich. »Wahrscheinlich wollte sie Mython erschrecken, der inzwischen nach der Axt gegriffen hatte. Ich glaube nicht, dass sie ihn verwunden wollte. Die Kugel prallte von der Axt ab, streifte die Seite meines Gesichts, aber das alles war nicht so wichtig...«

Die Stimme versagte ihm. Er musste sich an das Geländer des Zeugenstandes klammern. Blicklos starrte er den Richter an.

»Die Kugel prallte von der Axt ab, Euer Ehren, und traf sie in die Brust. Eine Minute später starb sie in meinen Armen.«

Im Gerichtssaal wurde es still.

»Ein furchtbares Erlebnis für Sie, Mr. Pascoe.« Die Stimme des Richters klang seltsam weich. »Nur noch eine oder zwei Fragen. Was tat Mr. Mython dann?«

»Er war offenbar ebenso schockiert wie ich, Sir. Er erbot sich, zur Farm zu laufen und einen Arzt anzurufen.«

»Er unternahm keinen Versuch, sich des Inhalts der Kiste zu bemächtigen?«

»Nein, Sir. Angesichts der Tragödie, die sich vor seinen Augen abspielte, schien er die Kiste völlig vergessen zu haben.«

»Das wäre alles, Mr. Pascoe«, sagte der Richter und sah den Lieutenant fragend an. »Wer ist als nächster an der Reihe, Lieutenant du Plessis?«

»Eric Petrus Mython, Euer Ehren.«

Mython, der sich einen Platz möglichst weit entfernt von Pascoe gesucht hatte, erhob sich und trat schlurfend in den Zeugenstand. Er trug einen schäbigen dunklen Anzug und ein offenes Hemd. Der Speck an seinem Nacken quoll über den Kragen. Die schwere Tür, die sein Gesicht getroffen hatte, und der nachfolgende Kampf hatten Spuren in seinem Gesicht hinterlassen. Die niedrige Stirn war immer noch geschwollen. Er wirkte dadurch noch primitiver als sonst. Seine Lippen waren aufgesprungen, die Nase aufgequollen, dunkle Beulen über seinen Augen liefen allmählich gelb an.

Schwerfällig hob er die rechte Hand und sprach den Eid nach.

Er gab eine unsympathische Figur ab. Pascoe spürte, wie die Zuschauer gegen ihn eingenommen waren.

Zerschlagen, trotzig und finster stand er da. Doch als er den Mund aufmachte, klang seine Stimme überraschend weich und irgendwie einschmeichelnd.

Im vergangenen Jahr, so sagte er aus, habe er als Fahrer eines Bulldozers in den Diamantminen nördlich von Oranjemund gearbeitet. Davor war er als Taucher auf einem Kahn vor der Küste beschäftigt, aber diese Arbeit musste er wegen einer Erkrankung seiner Ohren aufgeben.

Vor ungefähr zwei Monaten suchte er eine Abwechslung und kündigte seine Stellung als Fahrer. Noch während seine Kündigungszeit auslief, erfuhr er zufällig, dass ein wertvolles Paket mit Diamanten, die seine Kameraden gestohlen hatten, vom Skipper der *Blushing Bride* abgeholt worden sei. Das Schiff sei dann ungefähr fünfzig Meilen nördlich von Kapstadt gestrandet.

»Als ich nach Kapstadt kam, Euer Ehren, erfuhr ich, dass die Bergungsrechte an dem Trawler an Mr. Pascoe vergeben worden waren. Ich bewarb mich daraufhin bei ihm um eine Anstellung und bekam sie auch. Es war meine Absicht, die Diamanten sicherzustellen und sie der Polizei zu übergeben. Ich wollte die in solchen Fällen übliche Belohnung beanspruchen.«

»Ihrem Arbeitgeber haben Sie nichts von den Diamanten gesagt?«

»Nichts, Euer Ehren.«

»Auch nicht zu einem der jungen Mädchen, die in der Nähe in einem Wohnwagen hausten?«

»Nichts, Sir.«

Der Richter betrachtete ihn misstrauisch. »Ich muss schon sagen, dass mir Ihre Geschichte nicht gefällt. Sie hätten die Diamanten ja auch für sich behalten können. Aber das müssen Sie mit der Polizei aushandeln. Berichten Sie, was sich auf Witkop ereignete, nachdem Sie die Kiste geborgen hatten.«

»Ich ließ die Kiste auf der Felsenplattform stehen und ging in die Hütte, um nach einem Werkzeug zu suchen. Sehen Sie, Sir, ich wollte den Deckel aufsprengen.«

»Kann ich mir denken«, sagte der Richter.

Mython wartete geduldig, bis sich das nachfolgende Gelächter wieder beruhigt hatte.

»Als ich gerade die Hütte wieder verlassen wollte, wurde mir die Tür vor der Nase zugeschlagen. Ich stürzte zu Boden. Als ich mich wieder aufgerappelt hatte, war die Tür schon von außen verriegelt. Ich hörte draußen das Brummen des Außenborders. Da wusste ich, dass sich jemand mitsamt der Kiste davongemacht hatte.«

»Was dachten Sie denn, wer es war? Oder konnten Sie von der Hütte aus etwas sehen?«

»Ich konnte niemanden sehen, Sir. Aber es kam niemand anders in Frage als der Mann, den wir Wally nannten. Er war unser Koch, und ich traute ihm nicht so recht.«

»Warum denn nicht?« Der Richter sah zu de Wahl hinüber. »Das sollten Sie sich genau anhören, Captain.«

»Zunächst einmal war er ein zu guter Koch, Sir. Ich meine, ein so guter Mann muss doch nicht arbeitslos sein. Außerdem war da die Pfeife.«

»Was war mit dieser Pfeife?«

»Es war eine teure Pfeife, Sir. Am Mundstück waren Zahnspuren, aber Wally hatte keine Zähne.«

»Gut beobachtet, Mr. Mython.« Der Richter nickte. »Nur Kleinigkeiten, Captain de Wahl, aber mit solchen Dingen kann man sich leicht verraten.«

»Ich werde mir das nächstemal mehr Mühe geben«, versprach der Kriminalbeamte.

»Nun«, fuhr Mython fort, »ich brauchte nicht lange, um aus der Hütte auszubrechen. Ich sagte mir, wenn schon jemand die Belohnung für die gestohlenen Diamanten kassieren soll, dann ich, Sir. Also steckte ich mir die Axt hinter den Gürtel und schwamm an Land.«

»Haben Sie jemand gesehen?«

Mython nickte. »Ja, Sir. Ich sah Wally - ich meine, den Captain. Aber er hatte die Kiste nicht bei sich. Dann bemerkte ich, dass er einer doppelten Fußspur folgte. Es waren die Eindrücke eines Mannes und einer Frau. Ich nahm an, dass Mr. Pascoe und Miss Olivier unerwartet früh zurückgekehrt waren, mich beobachtet und dann die Kiste mitgenommen hatten. Also schloss ich mich hinten an, wie man sagen könnte, und ging mit.«

Er holte tief Luft.

»Ich wollte wissen, was Wally vorhatte, weil ich inzwischen wusste, dass man ihm nicht trauen konnte. Ich dachte, er sei selbst hinter den Diamanten her. Als er einen Revolver hervorzog und sich damit an den Wohnwagen anschlich, war ich meiner Sache ziemlich sicher. Ich hatte den Eindruck, dass es sinnlos war, noch mehr Zeit zu verlieren. Also hielt ich mich dicht hinter ihm. Wie der Skipper - ich meine Mr. Pascoe - schon sagte, Sir, ent- waffnete ich ihn und schlug ihn nieder. Ich wusste damals nicht, dass er Polizeibeamter war und möchte hier ausdrücklich zu Protokoll geben, dass ich so leicht wie nur möglich zugeschlagen habe.«

Der Richter schaute zu dem Beamten hinüber.

»Stimmt das, Captain?«

De Wahl rieb sich das Kinn. »Den Eindruck hatte ich seinerzeit nicht, Euer Ehren.«

Herr im Himmel! dachte Pascoe verzweifelt, müssen die denn über jede Kleinigkeit ihre Witzchen reißen?

»Ich hob den Revolver auf«, berichtete Mython. »Ich wollte die Kiste an mich bringen und die Diamanten, die sich meiner Meinung nach darin befanden. Mr. Pascoe hat schon gesagt, dass mich Miss Olivier ablenkte. Sie brachte das fertig, indem sie vor mir eine Menge Aktfotos ausbreitete. Natürlich schaute ich hinunter. In diesem Augenblick trat mir der Skipper den Revolver aus der Hand und ging mich an. Wir gerieten aneinander, aber zuvor hat er mich noch zwei- oder dreimal mit der Faust erwischt. Ich kann Ihnen sagen, dass ich ziemlich übel dran war, sonst wäre ich niemals auf den Gedanken gekommen, die Axt zu benutzen. Ich lag auf dem Rücken und der Skipper auf mir. Er versuchte, mich zu erdrosseln. Da griff ich nach der Axt und wollte ihm einen ganz leichten Schlag auf den Kopf versetzen.«

Er hielt inne, richtete sich zu voller Größe auf und sah den Richter direkt an.

»Und dieser Schlag war es, Euer Ehren, der ihm das Leben rettete.«

»Das verstehe ich nicht, Mr. Mython«, gab der Richter offen zu.

»Das ist doch ganz einfach, Euer Ehren. In diesem Augenblick sah ich zufällig zur Seite und wusste alles. Miss

Olivier hatte den Revolver in der Hand und zielte auf den Kopf vom Skipper. Ich bin überzeugt, dass sie ihn und dann auch mich erschießen wollte. Wahrscheinlich hatte sie vor, die Schuld Captain de Wahl in die Schuhe zu schieben, nur wäre der dann höchstwahrscheinlich auch tot gewesen. Sie konnte sich mit Diamanten im Wert von ein paar hunderttausend Rand davonmachen.«

»Das ist eine Lüge!«, rief Pascoe. Am ganzen Körper zitternd stand er auf. »Das ist nichts weiter als eine Kette von Lügen!«

»Setzen Sie sich, Mr. Pascoe«, befahl der Richter. »Ich verstehe, wie schmerzlich das alles für Sie sein muss.« Er wandte sich fragend an den Lieutenant. »Vielleicht wollen Sie etwas dazu sagen, Lieutenant du Plessis?«

Der Lieutenant räusperte sich. »Ich möchte folgendes dazu sagen, Euer Ehren: Nach der Zeugenaussage von Nellie Jonkers entfernte sich Miss Olivier schwimmend von dem Trawler, nachdem Mr. Pickard an Bord gegangen war. Anscheinend hat seine Ankunft sie daran gehindert, zu diesem Zeitpunkt schon die Diamanten an sich zu bringen. Der Schlüssel, den sie vom Schiff mitnahm, war Mercers eigener Schlüssel, der einzige, den es zu dieser Seekiste gab. Es ist uns gelungen, das eindeutig festzustellen.

Da ist dann noch etwas, Sir. Sie werden sich erinnern, dass ich einen Beamten am Krankenbett von Lex Pickard postierte. Mr. Pickard hatte schwere Kopfverletzungen erlitten und redete manchmal ziemlich wirres Zeug. Er unterhielt sich im Delirium mit einigen Personen, darunter auch mit Yolande Olivier. Der Beamte hat vieles von dem, was er sagte, mitstenografiert.«

Lieutenant du Plessis blickte auf ein Aktenstück in seinem Ordner.

»Ein Zitat habe ich hier, das ich dem Hohen Gericht vorlesen möchte: *Meine liebe Yolande, was glaubst du wohl, weshalb ich den Trawler beseitigt habe? Ich wollte die Beweise vernichten, die dich überführt hätten. Und doch hast du versucht, mich umzubringen, indem du mich über den Rand der Klippe stoßen wolltest. Das ist der Dank, den ich dafür bekam.*«

Der Lieutenant legte das Blatt wieder in die Mappe.

»Das, Euer Ehren, waren nach Aussage des Beamten Johnson Pickards genaue Worte...«

Als Pascoe wieder vor dem Gerichtsgebäude stand, blinzelte er in die grelle Sonne. Das Licht war hart und unbarmherzig. Es enthüllte vieles, wie auch dort drinnen bei der Verhandlung vieles ans Tageslicht gekommen war.

Yolandes Schönheit und die raffinierte Art, wie sie ihre Rolle spielte, hatte ihn gegenüber ihren Fehlern und Schwächen blind werden lassen. Er sah jetzt alle diese Fehler, und doch trauerte er um sie.

Seltsamerweise schockierte ihn kaum die Tatsache, dass sie versucht hatte, ihn zu ermorden. In seinen Augen war auch sie eines der Opfer - in diesem Fall ein Opfer ihrer eigenen Habgier. Und Habgier kann bei Menschen und bei ganzen Nationen Furchtbares anrichten.

Er blinzelte noch einmal und sah aus seinen nassen Augen verschwommen den Landrover, der auf ihn wartete. Am Steuer saß Isobel. Sie hatte sich sehr verständnisvoll gezeigt. Sie war eine Frau, zu der jedes Kind von allein kommen würde, wenn ihm etwas wehtat. Aber er war kein

Kind. Er konnte nicht einfach zu ihr kommen. Nicht aus Schwäche.

Später vielleicht, wenn die Wunden erst einmal vernarbt waren, konnte er als Gleicher mit ihr reden, aber im Augenblick wollte er weder ihr Verständnis noch ihr Mitleid. Er wollte sich nur im Dickicht verkriechen wie ein angeschossenes Tier und seine Wunden in aller Ruhe lecken.

ENDE

APEX

ISBN 978-3-7531-1095-0

9 783753 110950 00001

www.epubli.de